仁爱比聪明更重要

『智慧人生

焦文旗——主编
常朔——副主编

花山文艺出版社
河北·石家庄

图书在版编目（CIP）数据

仁爱比聪明更重要 / 焦文旗，常朔主编. -- 石家庄：花山文艺出版社，2020.6（2025.1 重印）
（“智慧人生”丛书）
ISBN 978-7-5511-5194-8

Ⅰ. ①仁… Ⅱ. ①焦… ②常… Ⅲ. ①散文集－中国－当代 Ⅳ. ①I267

中国版本图书馆CIP数据核字(2020)第094914号

丛 书 名：“智慧人生”丛书
主　　编：焦文旗
副 主 编：常　朔
书　　名：仁爱比聪明更重要
Ren'ai Bi Congming Geng Zhongyao

选题策划：郝建国　王玉晓
责任编辑：冯　锦
责任校对：李　伟
封面设计：新华智品
美术编辑：王爱芹
出版发行：花山文艺出版社（邮政编码：050061）
（河北省石家庄市友谊北大街330号）
销售热线：0311-88643299 / 96 / 17
印　　刷：北京一鑫印务有限责任公司
经　　销：新华书店
开　　本：880㎜×1230㎜　1/32
印　　张：6.25
字　　数：120千字
版　　次：2020年6月第1版
2025年1月第5次印刷
书　　号：ISBN 978-7-5511-5194-8
定　　价：39.80元

编 委 会

写在前面

◎ 郝建国

花有千万种，路有万千条。

对自然而言，和风细雨，阴晴冷暖，均为常态；于人生而言，顺境逆境，悲欢离合，亦属习见。

人生是一段持续百年的跋涉，需要不断地汲取营养，增添前行的动力。

在人类漫长的发展史中，无数先哲积累了大量的人生智慧，铸就了许许多多的智慧人生。这些经验，经过传承，由文言文转为白话文，弥散在一个个现代版生活故事中，感染和引领着无数的人，由粗放走向精致，由遗憾走向尽美。

我们认为，智慧的人生才是完美的人生。

为了便于大家在阅读中感知和体味人生智慧，我们编选了这套“智慧人生”丛书。

丛书由《看淡人生悲与喜》《活着，就是最美的风景》《与过去的自己对话》《爱是最好的良药》《和对手做好邻居》《活成一支小夜曲》《相信自己的“奇迹”》《仁爱比聪明更重要》《幸福就是一场雨》共九册构成，从多角度揭示智慧人生的不同侧面，展示智慧人生的多维内涵，寄望身边的每一个人都能活得精彩、活得明白、活得有尊严。

丛书中的文字浅显易懂，故事生动感人，读来畅快淋漓、兴趣盎然、回味隽永。文章作者，虽不乏文坛宿将，然多为普通写作者，他们从身边琐事写起，独抒性灵，讲述对人生的智慧解读。阅读的过程，宛如与故友谈心，丝丝涟漪，轻轻荡漾，如春风化雨，滋润心田。

人生如航行，智慧是灯塔。

祝读者朋友一路顺风，愿智慧之灯无碍长明！

目录

第一部分　梦想那么近，又那么远

第二部分 低眉尘世，看见花开

第三部分　人心最短的距离

第四部分　仁爱比聪明更重要

第一部分

梦想那么近，又那么远

不别扭无生活

◎章中林

“这生活怎么这么别扭，想着就堵得慌，有时真想逃进山里去修行。”小军郁闷着。想想他的生活也是别扭：投资房产，遭遇了泡沫；跻身商业，赔光了本钱；妻子不解，吵着要离婚；儿子不争气，家长会被数落……整天奔波，却没有多少收获，确实让人郁闷。但是，这有什么呢？生活本来就是别扭的——不别扭无生活。

生活中的别扭无处不在：女人娇嗔地称“女汉子”，男人非整出个“伪娘”，别扭不？没钱的人叫嚣着“土豪”，有钱的人忙碌着“相亲”，别扭不？这厢说要加工资，那厢物价早蹿了几个跟头，别扭不？……早上看新闻：大妈出门遛弯，刚到楼下，四楼飞下一女人。女飞人没事，大妈却生命堪忧。你说，这别扭是不是无处不在呢？

我们都有过这样的经历：有心带伞，天不下雨；没有带伞，却大雨倾盆。天下不下雨，没法控制，但是心情我们却能控制，为什么非看那点儿灰色调呢？带了伞，没下雨，我遮阳行不；没带伞，下了雨，我听雨行不。再不，学学梁启超。他不就在雨中吟出了“一雨纵横亘二洲，浪淘天地入东流。却余人物淘难尽，又挟风雷作远游”的诗句来一抒抱负吗？我辈虽没有他的那个气魄，但是暴雨如注的日子却是一样的，怎么就不能放开被困雨中的烦恼而看到它带给我们的诗意呢？

我们也都经历过：赶火车被抛在火车站，想赶着上班却被人撞。这事儿老舍就遭遇过。那年他想从济南赶回北平，但是人太挤，结果被丢在了火车站。这事换了别人也许会骂娘，但老舍却从挤中迸发了灵感，晚上就在小旅社里完成了那篇著名的《火车上的威风》。夸张的语言，诙谐的笔调，把人性的丑陋做了一次淋漓尽致的表演。如果没有那次乘火车的别扭，我们还能看到马裤先生的滑稽和恶劣吗？

我们还遇到过：上班迟到被领导训斥，回家却被老婆数落。这日子也忒灰暗了，生活本就别别扭扭的，回家还不得安宁，那心情恐怕都会拧得出水来。这个别扭啊！可是，真别扭吗？有人却说不别扭。这人是谁呢？他就是苏格拉底。一天，他妻子又无事生非。他意欲出门，不料妻子从屋顶给他泼了一盆水，浇得他全身湿淋淋的。众邻居感到诧异，对他投去同情的目光。他却说：“我早晓得，雷霆之后必有暴雨。”然后就到街上讲学去了。据说，“游行派的哲学家”的风气就是这样来的。你说，他妻子的这份功劳可以埋没吗？

别扭就是生活，别扭就是人生。但是遇到别扭，请不要纠缠其中，学会抽身而退。看到枯死的树木，一转身就是抽青的柳树；看到臭水沟，一转身就是清凌凌的河水；看到垃圾山，一转身就是巍峨的山峦……我们怎么能够因为一树枯木，就坏了赏美的心情呢?

生活也是这样，我们不可避免地会遇到误解、排挤、打击，甚至是陷阱、报复和陷害，但是只要我们做好了受伤的准备，那么还有什么能够打倒我们呢？“你们只要没有活到大难临头，就不要抱怨，不要发牢骚！样样事都会发生，人事是千变万化的。比方说，你现在无声无息，什么也算不上，如同一粒沙子、一粒葡萄干，可是谁知道呢？说不定，时机一到，你就交上了好运了！什么事都会发生的！”契诃夫的教诲就是对此最好的印证。

世界以痛吻我，我要报之以歌。有了这样的心胸和气度，世界还会不在我怀抱吗?

野生的时光

◎梁　凌

年轻的时候常常任性。刚上班，工资低，偶尔有一笔小积蓄，就会来一次近距离度假，钱花完了，假期也结束了。这样做，还有着亮堂堂的理由：反正就是个穷，再抠也抠不出个富翁，所以不要对自己太吝啬。人生，不就是为了看到更多的风光吗？再说，回来之后，不是还可以写写文章吗？

一次，在商场里，看上一件白色纯麻的连衣裙，一问价钱，是我半个月工资，咬咬牙买了。刚买过，转头又看见一条黑色的，穿上一试，也漂亮得很。这下就为难了，恨黑白不能兼得。卖衣服的说，你其实可以拿两条。两条？好，那就两条吧，不就一个月工资吗，辛辛苦苦工作，不就为了开心吗？

现在回想，那段时光很恣意，像一朵花，开在春风里，一片云，游荡在天心里。

任性的理由，甚至可以与天气有关。

春天里，坐在窗口看书。一只蜜蜂飞进来，落在我的胳膊上嘤嘤。向窗外望去，桃花、樱花、玉兰、紫荆，粉粉白白地笑作一堆，空气里，乱溅着甜丝丝的香气。那只蜜蜂，也许是春天派来的，它拽着我的胳膊说，走吧，去春天里玩。索性放下书，跟着这只蜜蜂飞进春风里去了。是谁说过，春天不是读书天的？

岂止是春天。遇上一个“不风不雨正清和”的天气，总会有个声音在耳边说，出去玩吧，不要那么刻苦。于是就骑着单车出去了，去河边看人钓鱼，到山间数片片红叶。有时候只是一个人在街头闲转，看榨甘蔗汁的人，怎么把甘蔗削尽，再放在机器里旋转；看卖菜的扯着嗓子喊：“快来买呀，四大名菜！”看穿戴时尚的女人，牵着一只名贵的白毛狗，狗也穿着漂亮的花背心……为什么要出去，因为天气好，还因为一年四季没有几个好天气，理由够充足了吧？

即使读诗，最喜欢的，也是古人的对酒当歌。虽然自己不善饮酒，却能通过读诗，感受疏狂一醉的洒脱。比如李清照有一次喝醉了：“兴尽晚回舟，误入藕花深处，争渡，争渡，惊起一滩鸥鹭。”

黄庭坚喊着“人生莫放酒杯干”，故意把自己灌醉后，又是“簪花”，又是“倒著冠”。他把一朵菊花斜插在头上，反戴着帽子，大摇大摆地走在街上，路人呀，你们随便笑去吧！

同样喜欢的，还有那份纵情山水，采菊东篱的情怀。如“行到水穷处，坐看云起时。”“汲来江水烹新茗，买尽青山当画屏。”“一片青山入座，半潭秋水烹茶。”……

是啊，生活中，总会有一段这样的野生时光，蓬蓬勃勃，像云像雾又像风，自由流淌，任意西东。要不然，人生岂不是太拘谨了。

我朋友说，他最开心的一次旅行是——有一年自驾车去外地开会，走到半路上堵车，一堵就是半天。会议肯定是来不及了，那怎么办？索性不去。不是好久没有旅行了吗？那好吧，去旅行。开车下高速，转入一条山间小道，沿着小道向前，渐渐入了画境。大片的油菜花，天空仿佛是蜡染，山峦发出翡翠似的光，包含水汽的云朵，在山顶来来去去。“要不是堵车开不成会，哪有时间旅行！”他说。

这种野生时光，有时是率性的行为，自由的心灵，有时是一种人生态度。

有一年坐火车，遇上一个胖美人。她从一上车就不停地吃呀吃。闲聊中问她，有没有想过瘦身。“瘦身？为什么要瘦？我以前也瘦过一回，”她说，“那是为一个喜欢的男孩子。他嫌我胖，我就饿着肚子瘦给他看，后来果然是瘦了。可是我发现，他跟另一个胖女孩儿谈上了，她比我还胖。我得出一个结论：不管我胖，还是瘦，喜欢我的人，和不喜欢我的人，都是一样的。后来嘛，我就和自己和平相处了。”

她说这话的时候，旁边一个男孩儿正无限欣赏地看着她，目光里全是蜜——那是一个很帅气的男孩子。他欣赏的，也许正是她的不管不顾、任性天真呢！

一瞬之光

◎刘 芳

雨后的傍晚，我下楼去后湖散步，看见非常美丽的天空。

是那种非常美丽的蓝红色。蓝，是天空的蓝，红，是夕阳的红。只要是快乐不羁的人就可以拿笔画出一幅叫蓝红色的夕阳。

蓝红色，此刻映入我眼中的天空的颜色，是黄昏最后的微光，这种只属于黄昏的蓝红色，据说可以直抵人心最幽深之处。

我停在疾走的人流之中，虔诚地仰起脸，恨不得把整座天空看进眼中，这微光就要淹没在渐深的夜色之中了。实在舍不得它消失不见，我走几圈，拿手机拍下它的一瞬变化。身旁不断有来来往往的人，快走的，慢跑的，然而没有人抬起头来看向天空，因为他们专注于脚下的那一段小路，忽略了头顶之上那个巨大美丽的蓝红色视窗。在这样的当下，偶然地一抬头，就看见了这种多态的美丽。

灰、红、蓝、蓝红在这一瞬的变幻间，犹如生命中无数的一瞬一起重现，也一起幻灭。

也是在这一瞬的变幻间，我想起了有很长的一段时间，在我年纪很轻很轻的时候，我害怕黄昏的来临，也害怕在黄昏的天空下行走，更害怕进入夜色之中。当那样的微光直抵我内心最幽深之处时，总是让我无法承受渐渐消失的暖色阳光。所以我习惯在黄昏的时候躲在屋里，拉上厚厚的窗帘，听很激情的摇滚，假装外面的一切不曾改变。

后来才知道，那是一种病，与黄昏有关的焦虑症，是对于一天消失的惆怅与失落。

但此刻，我独自凝视着那同样是最后微光的天空，沉浸在它变幻多姿的美丽之中，心中却是充满喜悦与感恩。为什么我的心境会有如此的变化?

或许过去那不是焦虑，而是对于美在一瞬间消失的不舍与留恋，所以宁可不见。然而在人至不惑之年，经历了人生的种种。好的、坏的，快乐的、悲伤的，在这一切发生之后，我已经明白，无常是生命的本质，就像一瞬之光的天空。

人生是由无数个一瞬组成的，一个一个串成生活，不知什么时候，我已学会放手让那些一个个的瞬间过去，不再留恋也不再失落，不再因为害怕失去而不敢拥有，也不再因为已经失去而遗憾重重。

于是如今我不但能安然地在黄昏的天空下快步行走，还能愉悦地欣赏那即将消失的微光，这或许表示对于未来的恐惧我已有了相当强的免疫力。

在一日即将结束的一刻瞥见这一瞬之光，就像在长长的人生路途中，无数擦肩而过中的一次惊鸿一瞥的偶遇。虽然每一个一瞬间终将失去，或已经失去，但我知道，只要我大大方方地放这一瞬走，这一瞬我将收获自由与不悔。

人生只有一段

◎吕　游

一天，我遇到一位老者，在谈到人生时，老人不说话，只是用棍子在地上画了一条线，说这就是他的一生；而后又用棍子在地上画了另一条线，说这就是我的一生。

我不解。老人说，人的生命再长也就如这一段线，再短也还是如这一段线，有开头、起点，终归也是要有尽头、终点的，只不过有的长有的短罢了。

老人又说，每个人的一生只有这一段，不管长长短短，有的永远不会与你相交，离你十万八千里，那你这一段与他那一段今生今世就彻底无缘了；有的只是与你擦肩而过，那你这一段与他那一段便失去了难得相遇的机会，甚至南辕北辙；有的刚刚与你撞出一点火花，还未灿烂怒放就渐渐消失了，那你这一段与他那一段相交的时间就比较短暂；有的天天与你在一起，那你这一段与他那一段相伴得就很长久，在茫茫人海中，唯独你与他有很深的缘分。

老人又用棍子在地上画了另外几条线，然后对我说，你很爱你的父母，很爱你的妻子、孩子。可是，父母妻儿也有他们自己人生的一段线，终不会陪你走完整个的一生，他们只能陪你走其中的某一段，而你也只能陪他们每个人走完其中的某一段。

想想也是，再亲的人，也不会永远陪伴着你。正如父母的后半生只能陪伴着你的前半生，你的后半生只能陪伴着儿女的前半生。早晚不是父母走在你前面，就是你走在儿女前面，谁也不可能陪着谁共同走完人生全程，即使你想把你那一段缩短、把亲人那一段延长也是不可能的。你想看看儿女老年的样子，除非你活得更久；你老了还想与双亲同在，除非你父母更长寿。一生天天相依相偎，同日生、同日死的人几乎没有。

所谓同学情，就是说你与同学这一段，只是定格在校园里。毕业了，天各一方，再见面的机会也就不多了，有的几年甚至十几年才能见上一面，有的终生也未能再相见。我有一个小学同学毕业快五十年了也从未见过，即使见了面又不得不匆匆而别，很难再现同学时天天吃住学习玩乐在一起的情景了。

所谓战友情，就是说你与战友这一段，只能是凝固在军营里的。退伍复员了，各自到各自新的工作岗位上，有的远隔千山万水，再朝夕相处已经不大可能了，昔日的战友情也只能存留在短暂的聚会或遥远的回忆里了。

所谓他乡遇故知，比如在千里列车上，你邂逅一位知己，车到站了，便各奔前方，你与知己这一段，只是在绿色车厢里迸发出的一朵瞬间即消失的火花；比如在参加笔会时，你遇到一位知音，笔会结束后，便分道扬镳了，你与知音这一段，也只能成为短暂笔会中的一段美好记忆……

你一生结识了很多朋友，现在回想一下，有不少朋友也是一段一段的，有的是十年前互不相识，十年后情同手足；有的是昔日亲密无间，如今很少来往。正所谓童年有童年的朋友，少年有少年的朋友，青年有青年的朋友，中年有中年的朋友，老年有老年的朋友，从小玩到老的朋友很少很少，从蹒跚学步一直陪伴着你或他到死的朋友更是罕见。

年轻时，你结交过一位女友，可惜后来分手了，这就是你的初恋。你这一段，虽很短暂，却让你刻骨铭心。假若后来你与女友未分手而是结婚成家了，那你这一段与她那一段便会相依相偎很长时间；若再后来你们没有离婚，而是熬到了银婚、金婚、翡翠婚、钻石婚，那你和她相依相偎的时间就会更长，几乎占了你和她的大部分生命。然而，你们两人相依相伴的这一段再长，也总是会有一个人先走的，不是她，就是你，你与她这两段线不会在同一天、同一时刻戛然而止……

我们只是别人生命中的一段，别人也只是我们生命中的一段，人人都是人人生命中的一段。你一段，我一段，他一段，组成了这个社会；古人一段，今人一段，后人一段，写就了一段历史。我们还是整个世界中的一段，地球也是整个宇宙中的一段。每天每月每年，是你生命中的一小段；你这一生虽然很长很长，却是人类长河中的一小段。尽管有的这一段线笔直，有的这一段线弯曲，有的这一段线闪着光泽，有的这一段线灰暗……但没有任何人能例外或超越。

知道人生不过是万里征程中的一小段，还有什么理由不倍加珍惜这一段，努力将这一段印上自己漂亮的足迹、留下自己与他人美好的记忆呢？要知道，能与你同走一段路，同过一座桥，同饮一河水，同赏一处景，脚踩着同一块土地，呼吸着同一个地方的空气，都是缘分，都是一生最难得、最宝贵的。因为世界上几十亿人如几十亿条线，你与他们绝大部分都是永远不会接触、交叉的，都是没有机会相遇的。

知道自己不过是迟早就要消失的一段线，还有什么不能放下、想不开呢？走好自己的这一段，珍惜、相处好与父母、儿女、亲人、朋友、同事、邻居和其他人的那一段，不要让这一段、那一段留下遗憾与悔恨，才是人生最最重要的。

你这一段写满爱，他这一段写满爱，人人的那一段上都写满了爱，就是北极、南极也能被暖热；你这一段写满仇，他这一段写满恨，人人的那一段上都是仇恨，就是赤道、火山口也会结上厚厚的冰……

记住，一个人的一生只有这一段，不会也永远不可能有第二段。走好自己的那一段只能算是半个人生，与此生难得相遇的他人的那一段融合好才是真正完整的人生。

梦想那么近，又那么远

◎马亚伟

李白诗中写道：“俱怀逸兴壮思飞，欲上青天揽明月。”谁不曾有过青天摘明月的梦想？年轻的时候，我们个个豪情万丈，整个世界都盛不下心中激荡的壮志。于是，我们把视线投递到天空，在某个夜晚，忽然萌生了去摘月亮的想法。

那时候，我们真的以为月亮伸手可摘。你瞧，它就那么弯弯地挂在树梢，只要我们爬上那棵大树，摘到它如同探囊取物。有时，它会朝着地平线的方向落下去，我们只需走到路的尽头，就能与它如期而遇。年轻的时候，我们没有太空和宇宙的概念，以为世界再辽阔，宇宙再深邃，也不过是在自己的眼底。只要我们能看到的地方，就一定能抵达；只要我们能看到的东西，就一定能得到。

梦想之所以那么迷人，就是因为它看上去从来不是那么遥不可及，就像天空中的月亮一样，从视觉上看，我们与它不过一步之遥。我们心甘情愿被梦想迷惑，为了一弯看似近在眼前的月亮，我们始终都不曾放弃努力，用几十年的时间，朝着一个方向奔跑，比逐日的夸父还执着无畏。

是谁说的？梦想很丰满，现实很骨感。我想说的是，正是有了这个丰满的梦想，生活才充满了光亮，人生也因此多姿多彩起来。梦想很丰满，现实才有了质感。

的确，梦想那么近，其实又那么远，好似捉摸不定。我们看上去一步之遥的距离，可能穷尽一生都走不到头，永远与梦想隔着一条浅浅之河的距离，可望而不可即。

记得学生时代，我们班有个写诗的同学，大家都叫他“徐诗人”，他很享受这个称呼。他几乎整天处在癫狂的状态，动不动就开始豪情万丈地抒情。他的诗写了一首又一首，灵感像火花一样迸发而出。他曾挥着手臂对大家说：“给我十年的时间，我要成为这个世界上最伟大的诗人！”书生意气，挥斥方遒，青春本身就是一首激情澎湃的诗。

十年过去了，徐诗人在一所乡村小学教书，他写的诗偶尔发表。又一个十年过去了，徐诗人依旧在乡村小学教书，他写的诗偶尔发表。又一个十年过去了，徐诗人依旧在乡村小学教书，他写的诗依旧是偶尔发表。他没有成为世界上最伟大的诗人，那个当初在他看来一步之遥的梦想，或许他真的用一生的时间也无法抵达了。

大家在聚到一起的时候，有人谈起他曾经的誓言。他听了，脸红了，之后又笑了。其实，谁不曾像他一样，欲上青天揽明月，有过那么多高远的梦想。我们幻想登临人生高峰，手可摘星辰，享受万丈荣光。可是，平凡如你我者，大都在岁月的磨砺中收起高高的心性，开始安守一份平淡的日子。最终，那些摘星揽月的梦想成了青春时代的华美点缀，我们平淡到老，安稳一生。

其实，这样真的挺好的。人生的魅力就在于此，给你一个看似迫近的梦想，让你不停地追逐，从中收获充实和快乐。待到青春远去，年岁渐长，你终于明白了那个梦想遥不可及。此时，你会心一笑，追梦人生，多美啊！

谢谢你容许我的害怕

◎薛　峰

女儿自小就害怕狗，走在路上遇见了狗，即使是很小很小的狗，她都吓得躲得远远的，然后绕道而行。

有一次她去姥姥家，在广场上溜冰，玩得正高兴，却见一人来遛狗。那狗纯白皮毛，半人高，也没拴绳，任由它在草地上撒野。

女儿见到这大白狗，转身就往回溜。可那白狗已发现了她，朝她飞奔、猛扑过来。

那一刻，女儿吓得高声尖叫，惊恐万分。

我连忙跑过去，冲她喊“爸爸在这里”。

还好，那白狗围着她转了一圈后又径直走开了。

可女儿吓得不轻，她抱着我颤抖着身子哭个不停，脸涨得通红。

在广场玩的小朋友有过来安慰的，也有略带嘲讽的，说那狗根本不咬人，不用害怕，你咋那么胆小？

可以后见了狗，无论大狗小狗，她还是害怕。每当这个时候，她都缠着我让我抱起她从狗旁边走过。而我，知道她害怕，也都抱起她。

一天晚上睡觉时，我问她：“你为什么那么怕狗？”

她说了一句：“我怕它咬我！”

我说：“放心，它不会咬人的。”

“可我就是害怕嘛！”

“好吧，你害怕就害怕吧！”

这时，她说了一句让我震动的话：“爸爸，谢谢你容许我的害怕，每次都抱我走！”

没想到六岁多的她竟然能这样说，谢谢你容忍、允许我的害怕！

想起我小时候的一件事。那时在农村，小伙伴们喜欢一起爬树掏鸟窝，然后再从很高的树枝上跳下来，比谁跳得远。

我胆小，不敢爬树，也不敢跳。他们都嘲笑我，讽刺我，捉弄我，说我是胆小鬼，都不愿跟我玩。

最后我只好硬着头皮爬到树上再跳下来，结果摔伤了腿，在床上躺了半个多月不能下地走动……

人生在世，如沧海一粟，在这广袤无垠的宇宙之中，我们就犹如一粒尘埃在世间飘荡。你只有心怀对天地的敬畏，要有所不怕，也要有所怕，才能立足人世。倘若你自认为天不怕地不怕，那才是最可怕的。

曾看过一句话，说人的一生被两种力量指挥，一种是爱，一种是怕。

爱固然重要，但怕也是一种优良品质。有所怕，才会有所不怕；有所畏惧，才会无所畏惧。

在一个停车场，你怕堵着别人出不来，你就会把车停到该停的位置。

出国了，你怕给我们的民族丢脸，就不会随地吐痰、乱扔垃圾、在公众场合大声喧哗。

在超市购物，你害怕有监控器拍摄到你，所以不会在禁止食品品尝区内随意拿东西吃。

在单位，你怕领导安排的工作你不能很好地完成，怕别人说你从那样的学校毕业，学了那么多知识，这点事情也办不好，所以就会如饥似渴地熟悉工作，虚心向有经验的人学习，尽快完善自己，而不会得过且过，应付了事。

世间有很多人很多事，我们都要去“怕”——

我们要害怕父母，才能明白孝贤之德，去孝敬老人。

我们要害怕自然，才能尊重自然，与大自然和谐相处。

我们要害怕法律，才能更加规范自己的言行。

再看看我们身边的人和事：出车祸的，都是敢开车的，酒驾醉驾也无所谓；淹死的，都是会游泳的，再远再深的水也敢去；进监狱的，也是敢赌的，法律再严也会以身试法；还有那些被枪毙的，都是敢干的，随心所欲去践踏别人的生命！

怕，让我们更加注意自己的修养；不怕，往往是搬起石头砸自己的脚。

从这个意义上讲，和爱一样，有所怕、有所畏惧是人类最美好的情感之一。因为怕的情感是丰富的、辩证的；怕的眼睛是明亮的，能分辨是非；怕的心是活的，能有所为有所不为。

在这里，“怕”不是软弱、不是孱头，而是对丑恶的唾弃，对美好的敏感、感悟、珍惜和追求；“怕”是对自己严格要求的觉醒，而不是随心所欲的放纵；“怕”是对“礼、义、廉、耻”的认可和弘扬。

谢谢你容许我的害怕，我将变得更好！

也请你容许别人的害怕，不要鄙视和嘲讽！

时间之声

◎卿　闲

有一段时日，我想晨起写字，头天晚上信誓旦旦调好了闹铃。如此，便觉高枕无忧了，只待闹铃把我喊起。

第二天闹铃声如约而响，我却迷迷糊糊变了心思。按下了暂停键，容我再偷懒一会儿吧！十分钟过后，铃声又响起，还是不想起，又按下暂停键。反复几次，有点儿烦那铃声了，干脆关了闹铃。心想白日里有大把的时间呢，别跟自己过不去，遂又继续酣眠。

可是，白天里又一大堆琐事，无法静下心来写字。看似一整天的时间，其实很匆匆。收拾一下屋子，洗两件衣服，去公园转一圈，一上午的时间，就悄无声息地溜走了。打开电脑，看一会儿电视，浏览一下网页，和朋友聊一会儿，而后，想来一个题目，构思一篇文章，刚写下几行，转眼天色就暗了。

我总是会后悔。然后，再次豪情壮志，对着闹钟信誓旦旦。可我最终还是再次失约了。

孩子爸看不过去，觉得我好笑，对我说，常立志不如立长志。你少追一部剧，少磨蹭一会儿，还是多抓住一点溜走的白天。

可我散漫悠闲的个性，真的不想把时间过得紧兮兮的。我只愿早早写好一天的字，然后剩下的时间，就可以心无旁骛地享用了。慢悠悠地做事，发呆，看书，或者跑到集市上凑凑热闹。

而我们的邻居阿姨却轻松地自然而然做到了早起。当我们还依恋着软软的棉被时，阿姨早已在天色微亮时站在了厨房里，为一家人煮粥做饭。饭好，她又去公园转一圈。回来后，叫醒她的小孙女，给她穿衣，吃饭，送她上学。

她说早起三光，晚起三慌。她也不用闹钟。她说她自己就是闹钟，到时候自然就醒了。

我怎么就做不到呢？闹钟也不管用。我向她讲我的困惑。

她笑了，说，年轻的时候，都贪睡，时间多啊，总觉得慢。老啦，就睡不着了。

我妈妈来我家，也是这样，老早就起来。我说你再睡一会儿吧，外面还黑着呢！她说睡不着啦。我以为是生地方的原因。最近，我去妈妈那儿，她也是很早就起来。看着她忙着做饭的背影，我想起邻居阿姨老了睡不着的话，心里有点酸酸的。时光催人老。

读到威廉·斯塔福德的诗句："昨夜的风里，我醒来两次。一次因为墙薄，一次因为时间之声。"这诗句若是上了年纪的人看到，则会有很深切的体会吧。老了，连时间都觉得忧伤。

想起古时以滴漏计时，一滴一滴的都是时间之声，声声入耳，声声逼人。时间就那样滴走了。有多少好时光，就那样远了，远了。

有一首叫《你自己来吧》的诗中写道：“你呀，你别再关心灵魂了，那是神明的大事。你所能做的，是些小事情。”诸如热爱时间，思念母亲，静悄悄地做人，像早晨一样清白。

时间之声，一直做着减法，催我们老去，我们无能为力。像灵魂是神明的大事，人之老去该是自然界的大事，我们能做的，就是去热爱，属于我们的一分一秒。

云的世界，人类不懂

◎梅子红

一朵云，就是一个世界。

云里住满了大地上的所有，哪里是山，哪里是动物，哪里是植物，那个看云的人心里最清楚不过了。一朵云随时变幻着角色，刚才还是一头牛，现在就成了一只狗。一不小心，狗身上丢下的草籽眨眼就成了一棵树。树再也经受不住风的撕扯，掰下一瓣，出逃。看云的人追着追着，它就成了弯弯曲曲的溪水，潺潺流去。看云的人怎么努力地追，都赶不上云的脚步。

云里的世界像是早就被安排好了的，是谁安排的？管它呢，反正与自己无关。看云的人只需仰头，去追赶自己稀罕的那一朵就好。

云来的时候，不会给谁打招呼，即使走到天边，走成了风云人物，它也不会说什么。云不像人，成不了大事就召开记者会，就自己宣传。人类的做法，云都不会，云只会努力地赶路。

大风一来，云也会变态，这就是人类所说的风云变幻。谁没有烦躁的时候呢，好在这样的时候很少，且没有给人类造成大碍，因此也就没有人去追究它。

白云孤飞时，常常有人追上来，委托云带走一些什么。带的最多的是乡愁，同病相怜嘛，离开父母，离开故乡，独自漂泊，也就意味着充满辛酸。那些辛酸，游子们一股脑儿地塞了过去，也不管云愿意不愿意。因此“云”成了“乡愁”的代名词。

有时候，一些悲伤的人会托云带去一阵眼泪。缠缠绵绵的小悲伤，如细雨纷纷，小声地打湿了蝶儿必经的路；若是大悲伤，则会演绎得激烈，一阵痛哭力透河水，听得山石树木房屋都跟着哭，直哭得人心惶惶。唉，雨做的云啊，说不准下一个就是你。

为了一朵云，两个村子在天上打架的事也有，我和儿时的小伙伴们之间就发生过。我们同时看上了一朵云，我想要，他也想要，争着争着就打了起来，最后是不欢而散，谁也没有捞到好处。云看在眼里，却什么也不说。云卷，云舒，一副看破红尘的样子。

一朵云在天上走，没有路，当你正为它担心的时候，那朵云已经融入了另一朵云，或是拐了一个弯继续走下去。就像地上的一个人，走着走着，竟然发现此路不通，只能回头或是爬墙越过。这个道理小孩子都懂，可有些大人就是想不明白，不知为什么。人生即使是根本没路可走了，坐看云起，会突然从那里学到很多东西。

云聚在一起，便失去了自己。云散开，容得了风，也装得下雨。

天上有无数的云，云来云往，好不热闹。但是，朋友如云，飘来飘去，而真正能伴你左右的又有几个？一个人的心情随时都会变来变去，更何况是云呢？

可是，一朵云只要从视野里走出去，就不再属于看云的人了。大风的声音刚过，一笔一画地伺候着云，云就跑得无影无踪。看云人看到的天上的白马，便从思念里跑到了梦境外。人类无论怎么不愿意，都无法改变云的行踪。

跌宕与起伏，云在人类的双眸里辗转，把人类的梦变成秋天的葡萄、撒欢的羊羔和一朵慈眉善目的雪花……

一朵白云与黑云擦出了爱情火花，亮一道闪电，用天空的土语告诫人间，光阴犹如白驹过隙。

一茬又一茬，云顺着时光走到天边，又从天边走了回来，却从没有停下来歇息的意思。命运之掌，翻手为云，覆手为雨，而云，仿佛是生息不灭的野草，春风一来，又绿满大地。

风云突变是常有的，如果没有人惹了老天生气，老天怎会调集那么多黑云来压？一场大雨，一次洪水，拨动了人类破坏生态的那根生锈的弦，有时，老天还会加上一两声怒吼，劈倒一棵树，或是劈死一个人，震一震那些胡作非为、丧尽天良的人。

云没有国，也没有王，云的世界里没有警察与小偷，也没有枪炮与战争。所以，云自由自在，它们想干什么就干什么。

人类知道，云的选择像极了那酝酿已久的昙花，要在一个阒寂无人的夏夜里开放。

现在，云在村庄上空的时间越来越少了，难道它们像那些村庄里的年轻人一样，也厌倦了种地，都去城里打工去了？可我去过省城，天上的云还没有乡村的多啊，这是怎么回事？

忽然有疼痛从我心上掠过。让人敬畏的云啊，它在天上飞着，在澄明的洁净里摆着，人类在任何地方都能看见它，却永远也不能抵达。

人类只能，引颈相望。云的世界，人类不懂。

心安则安

◎草　予

爱比被爱，更让人感到快乐。

爱，从来就不会长此以往，而是瞬息，生生不息的只能是生命本身。爱一个人，正在经历爱这件事，你就会确认爱的存在，这种真切可信的掌控，会让自己的内心获取平静。

被爱，不是一种能力，也就没什么值得骄傲。这种对快乐的接收，全凭一己之力的判断，可是这种判断却没有恒定的尺度，常常模棱两可。此时，爱是模糊且变幻莫测的。

不要高估自己爱这个世界的能力，也不要高估这个世界爱你的决心，爱，自始至终都是一件如履薄冰的事。爱，可以独来独往，但首先该是，吾愿如此！各自即便坐视旁观，即便陌路殊途，此时，自己是心安的。

心安，便是最好的交代。

活着，终究不过只是为了能够对自己有所交代。这个交代，满意与否，直接生成幸福感。这就是为什么，那些豁达自足的人，看起来总是欢喜的。即使你对那些欢喜羡慕得要死，但你还是要跟自己交代，所以，你假装不来。

忠于自我，注定不会是热闹的，至少，你不必成为那个令自己厌恶的自己。

人，不怕输，才有历史硝烟滚滚，战火漫卷。何尝，我们与自己的内心没有一场相持不下胶着的“战事”呢。彼此交兵，又相互妥协。究竟是生活至上，还是灵魂为尊；是现实太近，还是梦想过远？

这些“战事”看不见任何折损和消耗，但会有痛苦。痛苦是什么？痛苦是你不怕它，它就会让你茁壮起来的东西。直面内心，当这些痛苦杀出来的时候，就咬牙坚持，挺过来。

爱是姹紫嫣红的，不期而遇的美好和持久方长的情谊，不应该被视为一种取悦，而应该是一种安慰，安慰你我的平生如斯。

我们深执的种种，必将会陷我们与其单刀相会；在我们分外用力的地方，也会觉得格外地疼。美好只能属于过去，这个时候，不妨分解和旁观它，顺应事态，不加干涉。真正地忘记，是不需要刻意的，水到渠成。

自然而然的事，才会令人心安。

我们会发现很多原先乖张、飞扬、傲岸、遗世独立的人，一番独饮风雪，大起大落，岁月悠长之后，更多地会处于安静的位置：没有过多的言辞，也没有对人事的评断，羞于表白，不屑唇舌。这种安静，是随遇也是恪守，是自省也是原谅，也无风雨也无晴。

生命的完满，一半需要奋勉，一半需要安顿。把心安顿好，才能在漫长的跋山涉水后，可以自在地依山走笔，随水流墨，而不会怨天尤人。

有这样的思考：在平凡的生命里，究竟何欲，何求，才不会在日后感到后悔和辜负？

是爱，是自由，还是梦想？都是，也都不是。

只要一直对自己在内心深处有所找寻和陪伴，就不会感到孤独、畏怯。这种心灵深处的温暖是别人给不了的，它给了我们最好的说服力：无论世事何去何从，我们都不曾遗失和怠慢内心世界里的那个自己。

最坚固的幸福要属心安吧，不为已经得到的惴惴不安，也不为曾经失去的耿耿于怀，时光飞度，你已忘却波澜，风云不起，心安似水。

生命的立体

◎宋守文

立体，是点、线、面的融汇升级，是全方位、多角度、多层面、整体地、立体地看待生命。

生命的立体同其他物体一样，也是有长度、宽度、高度、厚度、密度的。

生命的长度是时间与年龄。从出生开始计算，说短不短，说长也不长，在漫无边际的时光长河中，只能算是极为短暂的一瞬息，而且越用越短，永远不会再重现。因而，要注重健康，延长寿命，才能饱览享受人生。

健康优先，健康长寿，是国富民强的重要标志，是促进人的全面发展的必然要求。人生，谁能以深刻的内容充实每个瞬间，谁就是在无限地延长自己的生命。

生命就像一颗水晶，在友谊的阳光下，能折射出璀璨的光彩；生命有时又像一场雨，看似美丽，但更多的时候要忍受那些寒冷与潮湿；生命像宇宙万物之魂，生息繁衍，万古永恒。

生命的多少用时间计算，生命的价值用贡献计算，生命的美丽用搏击的浪花展现。

生命的长度虽然是有限的，但是其宽度、高度、厚度和密度却是无限的，是掌握在自己手上的。

生命的宽度是视野，越看越宽。世上问题之多，犹如宇宙繁星。如果只盯住一点，不及其余，就会钻牛角尖，这是自我封闭的典型代表。

看别人的短处，可以宽慰自己；看自己的长处，可以鼓励自己，视角一变天地宽，做人必须多维视角看问题，才能全面而准确地入木三分，一处不通看他处，让自己的人生方略“活”起来。

生命的高度是梦想、理想、幻想，定位自己，生命的高度没有极限，越想越高，越有成就感，有了高度才能为之追求奋斗终生。

一只老鼠掉进了满满的米缸里，听四周安静，便放心大胆地吃起来，吃饱了睡，睡醒了吃，米缸的米浅了，身子却胖了，它喜出望外。可有一天，它突然看到缸底了，才想起该回家了，可它抬头往上看时，发现这样的高度，它是根本无法跳出去的。

其实，距离缸口的高度就是它“生命的高度”。有的人没有理想，没有目标，又贪得无厌，醉生梦死，在“享受生活”的时候，浑然不知自己已经身陷绝境，以至无法回家。

生命的厚度是胸怀，心有多大，天就有多大；心有多宽，路就有多长；境界有多高，世界就有多大；点点滴滴，越堆越厚，积成胸怀的厚度。

生命的密度是学识的沉淀。为了开发潜质和后劲，思想要开放，也要沉淀。沉淀，是一种生活的态度和一种生活方式，一种整合、沧桑、扎实、谦和、智慧的积累。

积累，是一种潜能潜伏的状态。有积，就有累，越积就越累，累就累在一个“积”字上。任何知识、业绩、能量的质变都来自量变的积累。只要平时注重点滴的积累，具备了真才实学和内在潜力，机遇一旦降临，你就能大展身手而不至于手足无措。

懂得沉淀的人，不需要外界的力量，总会去追求自己心灵的宁静，能时刻让自己沉静下来，与自我对话，在不知不觉中，获得心灵的倾诉，从而使感应和体悟让思想有了所依附的质感。

只是可惜，有的人并不清楚生命的立方体，一辈子也没有发现自己的优势和潜能，弄不懂“目短于自见，智短于自知”的道理，更不知道自己的能力能延伸多远。即使有潜在的能量，也被习惯所掩盖，被时间所迷离，被惰性所拖累，被吃喝玩乐所消磨，被眼前之利所蒙蔽，白白浪费了自己的无价宝藏。

刚刚好

◎张金刚

时间，不早不晚；脚步，不疾不徐；气温，不冷不热；关系，不远不近；境遇，不好不坏……一切恰到好处、契合心意、感觉舒服，这便是“刚刚好”，一种令人向往的生活姿态，一种养性的心灵体验，一种精妙的处世哲学。

搭乘公交，最为欣喜之事莫过于人刚到站台，那路车便缓缓靠站。从容上车，还有座位；关门、出站，令在烈日寒风中久等的人一脸羡慕，令在车后奔跑招手的人满怀怅然。夜班归家更是，刚好末班车还未发出，且寥寥数人；满身疲惫自会在坐定于空荡车厢内的那刻消释几分；从一日劳碌到瞬间释然，那感觉甚是舒爽。

陌生的城市，陌生的街景，正在孤寂思乡之时，恰恰寻得僻静小街有家故乡风味小吃店，不由一喜。推门挑帘，老板娘浓郁的乡音迎面扑来，恰好挠中心头最痒的部位。一碗香菜馄饨，不凉不烫、不咸不淡；两个驴肉火烧，不软不硬、不肥不瘦；再佐以特制的小咸菜、腌辣椒，味道正对；吃罢，抹嘴，拍肚，七分饱，刚刚好；一时恍若身在家乡小城小巷般熨帖。

爱美之心人皆有之，且最宜美在刚刚好。身材，不高不矮；

身形，不胖不瘦；肤色，不白不黑；体态，不俗不媚；天生丽质，后天造就，绝对的颜值担当，自会引得无数倾慕追逐者。先秦宋玉《登徒子好色赋》中描绘的“东家之子”，“增之一分则太长，减之一分则太短；著粉则太白，施朱则太赤”，那便自是美得恰到好处。如若，再有贤良淑德的品行，一定的雅好才学，自是内外兼修、才貌双全，刚刚好。

中药本草，深谙“刚刚好”的火候之道。同一种药材，不同的时节、时辰采摘，药效大为不同；采药人，要争分夺秒，在最好的时间，收获一瞬最好的成熟，等待一时绝妙的蜕变。这其间的“刚刚好”颇为神奇。不同的药材，地域不同，脾性、功效亦不同；制药人，却可因药理促其相遇，单行、相须、相使、相畏、相杀、相恶、相反，“七情”配伍，君臣佐使，济世救人。这其间的“刚刚好”堪称玄妙。中药煎熬，药到病除，功道自在“刚刚好”。

四时之景，在于把握。春踏青，最喜暖阳如绵之时，地酥、风柔，花待放未放，柳待荣未荣，“草色遥看近却无”，极具朦胧之趣。夏听雨，最喜午后闲暇之时，卧床初醒，天已由晴到雨，雨打芭蕉，节奏明快；少时雨停，惊现彩虹，出门狂奔。秋赏叶，最喜骤凉霜打之时，青翠群山更换炫目彩裳，吉祥红、富贵黄、典雅紫，深秋华彩谢幕。冬玩雪，最喜雪花飘舞之时，走入洁白，迎雪、捧雪、踏雪；躲在温室，品茶、小酌、赏雪，好生畅快。刚刚好的时节，亲近、静享刚刚好的自然，当是最美的诗意生活。

人生难得一知己。或是儿时玩伴、多年同窗，或是亲密战友、患难伙伴，相同的志趣爱好、境遇追求，自会走到一起、相伴一程。知己，多了，略显纷扰；少了，稍显孤寂；三五好友足矣，平时各忙各的，无事偶尔相聚，有事招之即来；多少，远近，亲疏，刚刚好。人生最美的风景，当是在对的时候遇到对的人；相知相携相守，不知不觉牵手到白头。如若爱到尽头，也当好聚好散，缘分、距离到此刚刚好，虽背对泪迷离，却可以慢慢忘掉，互不伤害，互道珍重。

或许要问，人生不如意十之八九，“刚刚好”谈何容易？其实，“刚刚好”就是一种心态。“常思一二，不念八九”，那便会“如意”相随。

村上春树说得好：“要是大走桃花运的话，只怕人生就要搅成一团乱麻；腿太长的话，只会显得飞机上的座位更狭窄；歌唱得好的话，就怕在卡拉OK里唱得太多，喉咙里长出息肉来；一不小心成了天才的话，又得担心有朝一日会不会才思枯竭……这么一想，就觉得眼下这个自己不也很完美嘛。”细想，现在的自己，当是“刚刚好”的自己；顺也罢、逆也罢，好也罢、坏也罢，比上不足、比下有余，尽力随缘、无须苛责，一切皆是人生好时节。

此时，坐在温暖舒适的窗前，听着薛之谦的《刚刚好》，品味生活中的“刚刚好”，时光悄然，岁月静好，一切正是刚刚好……

好 时 光

◎若　蝶

冬日的午后，坐在阳台的靠椅上，太阳的金辉泼墨一般倾洒在身上，暖暖的感觉如同被人拥在怀里。

捧一本书坐在暖阳下，手机里播放的音乐是《绿野仙踪》，如梦如幻的音乐，给午后的时光披上了一件朦胧的面纱，我坐在那里，坐进了深深的幸福里。

如果有人问我，给你一千万，你会卖掉这样的时光吗？年轻时的我一定会迫不及待地成交，可今天，我会说，不会。漂泊半生，不就是为了等来这样的时光吗？如果不是生了病，让我做不了其他，今天的我仍然会在外劳作，只为了在生活的锦上再添几朵富贵的花，我怎么有机会享受到此刻的时光静好。

而我有几个病友再也嗅不到阳光的味道了，如果能重生，我相信她们会用所有的名利权钱来交换，只为了能无病无痛地坐在午后的阳光里，直到日薄西山。

想一想，人一生所求，不正是为了能舒舒服服地享受到好时光吗？静笃安宁，没有红尘纷争，远离世俗尘嚣，断了痴心妄想。在清风艳阳里，把一段光阴坐成山高水远，天涯两渺。身与心都像天空飞翔的鸟儿，自由自在，无拘无束，天高地远中放飞不羁的灵魂。

一天在微信里，与一位酷爱朗诵的朋友聊天。她告诉我，有些付费的稿子请她读，因为不喜欢直接拒绝了，而喜欢的稿子可以免费读，如果想赚钱，读小说就好了。她曾读小说两个月赚了三万多元，但长时间坐着不动，让她颈椎炎的老毛病犯了，足足躺了半个月才缓解。此后再也不愿被金钱绑架，她说钱够花就好，健康和自由才是最重要的。

我想她和我一样，不愿为了钱丢掉好时光。有那么一种人，喜欢在时光里赏花读诗，为一株幼苗搭建一个支架，为一朵小花洒几点甘露。可能有人认为这是在浪费时间，用同样的时间去创造更多的财富不是更有价值？但拥有更多的财富又为了什么？难道不是为了让自己活得更怡然自适，不正是为了享受到好时光吗？

如果一个人感到饱足愉悦，那么他无论身处怎样的境遇里，对他来说都是好时光。好时光是内心对外界的感应，而不是你拥有什么，处在什么样的高度上。拥有的再多，如果没感到快乐，那么他就不算拥有了好时光。

每个人都活在时间里，你有多少好时光，就有多少幸福。就像现在，虽然我有病在身，也没能力挣钱，可此刻，我坐在阳光下，却深深地感到了幸福，那么从我身边流过的每分每秒都是好时光啊。

锋利与柔软

◎李良旭

还是在学生时代，金庸就表现出很高的文学天赋，他在浙江省立联合高中初中部就读时，就是学校的名人。

金庸的文学天赋，尤其得到校长张印通的赏识。他常常邀请金庸到自己办公室和寝室里，与他一起探讨文学。灯光摇曳，促膝长谈。文学，拉近了俩人的距离，他们成了一对十分要好的忘年交。

在张印通的宿舍里，金庸看到了张印通收藏的许多文学书籍，他如饥似渴地阅读这些文学名著。金庸的刻苦和勤奋博得校长张印通的赞许和好评。

省立联合高中初中部，是当时浙江省一所重点中学，校规十分严格，常有学生违反校规而被开除。金庸的性格散漫，甚至有些桀骜不驯，他常常秉笔直书，针砭校规。校长张印通对此多次劝导金庸，要他好好读书，收敛自己的个性。金庸表面上允诺，可一转身，又依然我行我素。

1941年，金庸在报纸上发表了一篇文章《阿丽丝漫游记》，文章讽刺学校训导处主任在教学、管理上的无能和愚拙。文章发表后，学校一片哗然，训导处主任更是暴跳如雷，扬言要对金庸进行报复。

校长张印通得知消息后，不禁心急如焚，焦虑万分。为了严肃校风校规，他毫不留情地将金庸开除了。有学生和老师向张印通求情，也被他一概拒绝。

天空下起了淅淅沥沥的小雨，青石板铺就的路面上，溅起朵朵水花。金庸撑着油纸伞，走在湿漉漉的街道上，心里充满了惆怅。忽然，张印通浑身湿透，气喘吁吁地从后面赶了过来。他一把拉住金庸的手说道："孩子，你不能就这样走了，你将来还要在文学上成就一番事业。我想好了，我把你介绍到衢州中学上学，那所中学的校长是我以前的一个同学，他一定会热情收留你的。这是我给他写的引荐信，你去找他吧。"

风雨中，仿佛出现了一道彩虹。金庸不禁百感交集，热泪盈眶。他正不知怎么办，没想到，张印通又给他指明了方向。为了维护校风校纪，他铁面无私，像一把锋利的刀子，将金庸开除；另一方面，他内心里，又充满了柔软，给金庸指明了一条道路。

那一刻，金庸似乎读懂了校长张印通锋利与柔软的侠骨柔情。

在衢州中学，金庸惊讶地发现，学校图书馆收藏了大量的文学书籍，比省立联合高中初中部的图书馆收藏得更多、更丰富。在校图书馆里，他阅读了大量的书籍，尤其喜爱阅读古典文学名著，这为他以后从事武侠小说创作打下了坚实的基础。初中三年级的时候，他就出版了第一本书《给投考初中者》。这本书的出版，在当时，引起了强烈反响。

几十年后，当金庸成为著名武侠小说作家时，他曾深情回忆道，张印通校长的锋利与柔软，给他的武侠小说带来了很大影响，并打上了深深的烙印。侠客，既有英勇无畏的一面，又有侠骨柔情的一面，这是他武侠小说人物的一个显著特点。做人，也应该既有锋利的一面，又有柔软的一面，不可失之偏颇。

趁年轻多做些“傻事”

◎卢海娟

小强是个再普通不过的孩子，从小，父母为了生活就把他寄养在姥姥家。姥姥是个乡下老太太，不识字，他就在贫瘠的乡下慢慢长大。

上小学时回到父母身边，小强仍然得不到更多的照顾。好在穷人家的孩子天照应，小强虽不是特别优秀，但长得一表人才，他一路磕磕绊绊读完了高中、大学，毕业后很幸运地进了机关做了公务员。

刚到机关的时候，大家一律被称为“小孩”，倒水扫地取报纸送文件……“小孩”做的多是工作任务之外的琐事。那些精明的，把工作做到面子上，领导面前忙，领导一离开立刻变了样，只有这个叫小强的“小孩”似乎一直没有脱掉农村孩子的憨厚劲儿，有活抢着干，什么脏活累活以及跑上跑下的事大家都推给他。暗地里，大家都笑他傻，稍有同情心的就在背后偷偷告诫他：领导面前好好表现，领导离开就别那么卖力；能推出去的活一定要推出去，千万别多干活，要不然别人天天说你傻。

小强笑笑，感谢人家的好意，然而有什么活他还是一如既往地抢着干。他说自己从小就事必躬亲，就是操心的命，什么时候都要竭尽全力。

小强人勤嘴甜，处事细致周到，正好一位领导缺个秘书，大家不由得想起他。经考察，发现他文章写得也不错，这样，他就被调到上级领导身边。

一年后，当那些和他一起进机关，甚至比他还早来一两年、当初很有优越感的同事仍然还在做“小孩”时，小强的领导升职，小强也因为工作出色而被安排去做团委副书记。

新的工作岗位上，小强还是从前那个样子。大概是因为年轻的缘故吧，他只沿着梦想的路向前冲，看不破红尘，看不透复杂的人际关系，每天只知道忙于工作。身边出生于小城人家的同事都把工作推给他——他们都有精明的父母或是官场经验丰富的长辈，还没有进机关，他们的心里就已经种上了奸猾的种子，身上已经长全了世故的筋骨，没有谁敢抓他们的差，连领导分配工作时都得忌他们三分，防他们三分。

这样，日积月累，同事们都修炼得连一滴水都泼不进去，他们没什么成就，可也绝没有做错事，一个个盯着上司的位置虎视眈眈，只想熬到取而代之。

尽管褒贬不一，傻傻的小强却做成了许多事，这些事得到民众的赞许，也受到了上级领导的关注。

两年后，团委书记离职，理所当然地由他接任。

此后便是娶妻生子，小强对自己的生活很满足，一直说自己“傻人有傻福”。

刚过三十岁，他已是正科级，提任另一重要领导职位。这时的他，接触的是三教九流性格迥异的各色人等。与其他地方官员不同的是，小强仍然憨，仍然不会打官腔，他仍然不闲着，许多事情都亲力亲为。不久，各方神圣便都收归于他的麾下，因为大家发现，小强和机关里那些八面玲珑的人不一样：骗他，他不拆穿；跟他发点小脾气，他不计较；有人甚至给他当过绊脚石，仍然会得到他的原谅——大家都说，他可比“那些人”傻多了。

每个人都是有同情心的。人家都肯这样“傻”了，大家还怎么好意思去糊弄他？

如今，三十刚出头的小强正在筹措新的项目。他曾经自嘲说，趁着年轻，多做点儿傻事，年轻时做傻事容易得到原谅，等到老了的时候也好慢慢回味，品咂个中滋味。

这世上多的是活得太过精明的人，自以为什么都看得懂、看得透，自以为看得懂别人一举一动之后的用心良苦或是居心叵测。因为太聪明，从来都不上当，不逾矩。该做的事，不该做的事，心里永远都装着精确的计算器，锱铢必较——许多人以为，这才是聪明人应该过的生活。

可是，有谁能写好剧本，沿着剧本的节奏去过完美的生活？就算有高人写好剧本，怕也是曲高和寡吧？太精明，必然失了人情，失了况味，这种人，再怎么攀高也是寡淡，不如敢做傻事的人活得踏实，异彩纷呈。

趁年轻，真也好假也好，多做点儿傻事吧，傻事就是积累，傻事就是奔向幸运之途的捷径。能够在做傻事的时候驾驭众人更是一种大智慧。其实，做傻事真的没有什么大不了，终有一天，我们会透过“傻事”这面镜子看清一大批人，同时也看到自己青涩却饱满的生命张力。

你有多久未梳理自己的羽毛

◎龚细鹰

作家麦家做客央视节目曾说到一件事。当他声名远扬时，各路媒体蜂拥而至，有人拿着数额不菲的钱来请他写长篇小说，他答应了，花了三个月完成了三十万字的《刀尖》初稿。当他静下心来修订这部小说时，不禁羞愧难当。连他自己都不敢相信，这样一部粗糙的“作品”竟然出自自己之手，尽管之后他花了大半年的时间修订，但依然无法让自己满意。二十万字的处女作《解密》耗费了麦家十一年的时光，那是他整个的青春。二十万字与三十万字，十一年与三个月，两组简单的数字，却是如此鲜明的对比，麦家痛惜地问自己：“为何会如此不爱惜自己的羽毛？”《刀尖》成了他心头一道无法抹去的伤疤，痛定思痛，他决定爬出欲望的陷阱，重新出发。

表演艺术家李雪健成名后，曾拍过一个商业广告，有一句广告台词是“没有声音，再好的戏也出不来”。几年后，他在电视剧《搭错车》中饰演一位哑父。在剧中李雪健从头至尾没有一句台词，但他用丰富的面部表情及肢体语言，细致入微地将哑父的复杂情感表现得淋漓尽致，无声胜有声，获得了观众的一致认可。然而，赞誉之余，人们也常聊到他拍的那个广告，无疑，他在《搭错车》中的表演彻底颠覆了那句广告词。李雪健深为自己当初轻率的行为自责，他觉得自己就是古代那个既卖矛又卖盾的人，以致贻笑天下。反思之余，他发誓再也不拍商业广告。此后的几十年里，多少商家找上门来，无论多么诱人的条件，李雪健始终坚守着自己的誓言，他告诫自己要珍惜声名，这是对观众负责，也是对自己负责。

我小时候曾养过一只鹦鹉。每天婉转歌唱完毕，鹦鹉总是立于一隅，安静地梳理自己的羽毛。它用喙仔仔细细地清理身体的每一个部位，日复一日，乐此不疲。那时，我以为鹦鹉仅仅是出于爱美之心，才如此爱惜自己的羽毛，但父亲告诉我，因为鹦鹉的表皮会衍生寄生虫，所以它必须将之清理，以保持自身的清洁。

我们每天为仕途所困、为生意所陷、为灯红酒绿所诱，很容易迷失自我。刘向在《说苑·杂言》中写道："夫君子爱口，孔雀爱羽，虎豹爱爪，此皆所以治身法也。"孔雀与鹦鹉尚且如此爱惜自己的羽毛，而你呢，有多久未梳理自己的羽毛？定期梳理清洁自己的羽毛，把生命中的贪欲、浮躁、虚假等杂质清理掉，方能在岁月的长河中不偏离轨道。

画画和做人一个理儿

◎张达明

刘蟾是著名画家刘海粟的小女儿，她小时并未学画，到了五十一岁时才开始系统地学画。一天，母亲对她说："那么多学生大老远跑来请教你父亲，你就在父亲边上，怎么不学点画？"刘蟾从小怕父亲，就对母亲说："我怕画不好，会被爸爸骂。"母亲说："你怕什么？他是你父亲，还能把你吃了？"刘蟾就想："母亲说得是，画坏了也就是一张纸的事。"于是就开始学画，先是整天看画册，后来当有学生来请教父亲，她就在一旁听。

正式学画后，刘蟾拿小纸画，用钢笔临摹画册。有一天刘海粟拿了一张大纸对刘蟾说："画和人一样，出来的气质不同，风格也不同。你要画大画，不要老是缩缩缩，缩得格局太小，没气魄。一张画主要看精气神儿。你是我刘海粟的女儿，怎么画画格局那么小，要有大气魄！"并指着刘蟾画的松树说，"这样不行，要用大笔画，要画出松树的气质和精神来。"

2000年，刘蟾去南京艺术学院进修，有位老师对她说："你是刘海粟的女儿，应该有傲气，你父亲是大师呀。"刘蟾说："那是我父亲的成就，不是我的成就，我有什么资格可以傲气的？"

刘蟾认认真真在南京艺术学院学了四年画，学油画，也学国画。四年间，她时常想起父亲讲过他在法国办画展时的一件事：当时，刘海粟每天早晨学法语，慢慢就能和邮差对话了。一天，经常打交道的那个法国邮差告诉刘海粟："今天很高兴，儿子来看我，我儿子现在是法国文化部长。"刘海粟惊讶地问："儿子已经是部长，那你可以不用做邮差了呀？"邮差说："我很喜欢自己的工作，我为儿子骄傲，但我喜欢这份工作，不会因为儿子怎样，就不做自己的工作了。"

刘蟾感慨道："父亲经常讲起这件事，对我说：'家里再有钱，堆成山也没有意义。孩子自己没本事，只能坐吃山空。一定要靠自己，这是谁都夺不走的，是自己的财富。'我牢牢记住了父亲的教诲，并常常告诫自己，要写大字，要画大画，这和做人一个理，要大气大度，要以最真实、最朴素的态度对待人生，只有这样，才能成为一个大写的人。"

第二部分

低眉尘世，看见花开

相信一双清澈的眼睛

◎孙建勇

克拉鲁瓦先生是个好人，这是很多人对他的评价。在法国巴黎的拉丁区，克拉鲁瓦先生和妻子经营着一个名叫弗兰德的低成本小旅馆，生意不好也不坏。

1956年的一个傍晚，旅馆里来了个三十岁左右的客人，他拎着一只皮箱，衣服也光鲜，一头鬈发下的那张脸略显憔悴。办理住宿登记时，客人说："我需要一间比较安静的房间，以便我写作。"克拉鲁瓦先生边点头，边仔细查看客人的证件，那是一本记者证，上面写着的职务是哥伦比亚《观察家报》驻欧洲记者。克拉鲁瓦先生早年也曾萌生过做记者的念头，所以对记者颇有好感，于是，在收取少量订金后，吩咐妻子把记者安排住在八楼西头的一个房间。那里是弗兰德旅馆的最高层，也是最安静的地方。

转眼过了一个月，妻子提醒克拉鲁瓦先生："我们该收取八楼那个记者的房租了。"克拉鲁瓦先生应道："嗯，他晚上回来的时候，我问问他。"傍晚，记者回来了，他满脸疲惫，头发凌乱，衣服也没上次光鲜，显得皱皱巴巴。"这一个月，您住得还满意吗？"克拉鲁瓦先生微笑着打招呼，没有直接提房租，"您需要续租吗？”记者点着头，有些羞涩地说：“当然需要。只是现在我手头比较紧，可能暂时还不能支付房租。不过，我正在写一部书，到时我一并支付吧。”克拉鲁瓦先生看着记者的眼睛，笑眯眯地说：“没问题，我相信你。”

又过了一个月，妻子再次提醒克拉鲁瓦先生收取记者的房租。可是，克拉鲁瓦先生发现，记者状况似乎越来越糟糕，头发凌乱而长，显然很久没有理过；面色苍白，显然是因为营养不良；衣服肮脏不堪，而且已经磨破。“您是不是遇到麻烦了？”克拉鲁瓦先生碰见记者时关切地问。“是的，克拉鲁瓦先生。我现在的确很困难。我的创作正处在关键时刻。请您一定要相信我，我会还您房租的。”面对克拉鲁瓦，记者显得很难为情，极力解释着。克拉鲁瓦先生看着记者的眼睛，对他的话深信不疑，也不打算再催促他缴纳房租了。

又过了很长时间，但是，记者的状况似乎根本没有好转的迹象。有天一大早，记者拎着破旧的皮箱，找到克拉鲁瓦先生，说：“为了书稿的事情，我需要离开一段时间，我是来向您告别的。请您放心，我欠您的房租一定会还上的，我保证。”克拉鲁瓦先生看着记者的眼睛，说：“好的。一路顺风！”

然而，记者这一走就杳无音信。在此后很多年里，妻子一直责备克拉鲁瓦：“你怎么就那么相信一个骗子的鬼话呢？”克拉鲁瓦总是默默承受，不做辩解。直到临死的时候，他才拉着妻子的手说：“亲爱的，请相信那个记者绝对不是骗子，因为我看见他拥有一双清澈的眼睛。”

1967年，也就是克拉鲁瓦先生去世后的一年，克拉鲁瓦太太终于相信丈夫所说的话，当年那个落魄的记者在离开了十年之后，果真回到了弗兰德旅馆，将超过房租数倍的现金交给了克拉鲁瓦夫人。那一刻，克拉鲁瓦夫人发现，他的确拥有一双清澈的眼睛。又过了五年，令克拉鲁瓦夫人更加吃惊的事情发生了，她从报纸上发现，这一年的诺贝尔文学奖得主，竟然就是还钱给她的哥伦比亚记者，他的名字叫加西亚·马尔克斯。

马尔克斯在其不朽巨著《百年孤独》中写道：“守信是一项财宝，不应该随意虚掷。”

整整十年，他用自己的行动为这句话写下了生动的注脚。

不争的智慧

◎代连华

公孙弘在汉武帝时曾任宰相，从一介贫寒布衣到位高权重的宰相，公孙弘走的是以退为进的路线。

公孙弘曾担任狱吏，因为过失而被撤职。回家后他发愤苦读，六十岁时被汉武帝以贤良征为博士，出使匈奴时，因为陈述情况不符合皇帝心意而被免职。七十岁时，公孙弘再次被征为文学儒士，因为博学多才，很快被提升为左内史。

公孙弘见闻博广，每当议事时，他总是先把事情详细陈述出来，然后让皇帝自己去选择，如果遇到不同意见或者遭到同僚们的驳斥，公孙弘亦不争不辩。

公孙弘位高权重，生活上却很节俭，常盖布被，一时传为美谈。时任主爵都尉的汲黯有些看不惯，于是对武帝说："弘位三公，俸禄甚多，然为布盖，此诈也。"汲黯认为公孙弘是哗众取宠，没有必要装节约。公孙弘听了也不争辩。

武帝就问他，汲黯说的是不是事实呀，你怎么不争辩呢？公孙弘老老实实地回答，汲黯说的是事实。但武帝却认为公孙弘是谦让，对他很信任。

有一次，公孙弘和众大臣在朝廷外商议事情，可是上朝奏请皇帝定夺时，公孙弘临时改变了想法，所陈述的事情与众大臣意见不符。汲黯很生气，当庭斥责公孙弘："齐人多诈而无情实，始与臣等建此议，今皆背之，不忠。"汲黯认为，你和我们商议了，就得按商议的结果奏明皇帝，可你却临时背叛了众人的意思，实在是不忠呀。

面对汲黯的指责和众人的误解，公孙弘也不争辩，默默地独自承受着。后来，皇帝就问公孙弘："事实证明你所陈述的事情是对的，可当大臣们诘难你的时候，你为什么不争辩呢？"公孙弘淡定地答道："知臣者以臣为忠，不知臣者以臣为不忠。"汉武帝听了连连点头，认为公孙弘很谦虚。

公孙弘出身贫寒，面对仕途沉浮宠辱不惊，与人交往不计小节，最终封侯拜相，靠的却是不争的智慧。

"夫唯不争，故天下莫能与之争。"不与人相争的，世界上没有人能和他相争。不争是一种智慧，不争才会拥有更大的生存空间。

让是一种大智慧

◎章中林

张飞在一家饭店打工，嫌工资低不干了。他跑去找老板讨要二十天的工资。老板说他有两天没上班，只给十八天的工资。他认为那两天是正常休假，不该扣自己的工资。张飞在下班时拦住了老板。老板不同意，张飞抓住摩托坐架就是不相让。老板开着摩托就走，把张飞拖了四十多米。结果张飞成了植物人，躺在医院里没了意识；而老板砸进了十几万还看不到尽头。

看着《第一时间》，我被这则新闻惊呆了。两天工资最多两百元，有必要这样针尖对麦芒吗？如果有人先让一步，就不可能弄到两败俱伤的地步。

生活中，忍让无处不在，无人不需。不能忍让的人往往害了别人又毁了自己。我们常说，退一步海阔天空，忍一时风平浪静。为什么事到临头，就忘了“让”是一种大智慧呢？

让是一种必要的修养。人的挫败感往往是在自认为受伤或者吃亏时产生的，并由此腾起无明业火或者心生报复。这往往是我们忽略了反省造成的。遇到问题，如果我们想一想，它是什么原因引起的？自己有没有过错？争会有什么结果？让又会有怎样结局……这时，再看它，你就会发现矛盾没那么尖锐了，怒气也会渐渐平息。

面对得失荣辱，学会退一步，你不但会对自己释怀，还会善待他人。《弟子规》有言：“财物轻，怨何生；言语忍，忿自泯。”把钱财看轻一点，就不容易怨恨；对别人的言语多些宽容，就会少很多愤怒。心胸宽广了，能容能让了，还有什么样的坎儿不能跨越。

让是一股迂回的力量，“手把青秧插满田，低头便见水中天。六根清净方为道，退步原来是向前。”布袋和尚这首诗对退让做了形象化的说明——退让表面看是在后退，其实它是在后退中向前。

马尔辛利刚出任美国总统时，指派某人担任税务部长，却遭到许多国会议员反对。他们派出代表见马尔辛利，当面辱骂他。马尔辛利始终一言不发。等到谩骂结束了，他才温和地说：“你讲完了，怒气该可以平息了吧！照理你是没有权力这样责问我的，不过我还是愿意详细地给你解释……”短短几句话就让那个暴怒的议员懊悔万分。等到他回去汇报时，他只是说：“我记不清总统的全部解释，但有一点可以报告，那就是——总统的选择没有错。”

这就是让的力量。让步看似软弱，但是却能以柔克刚。因为让里有一种真诚接纳的态度，是一种宽容和尊重的修养。所以，当矛盾突现时，如果双方各让一步，就能化干戈为玉帛，换得和谐共赢的局面。

让是一种非凡的智慧。封建时代，许多功臣难以善终，但郭子仪却是一个例外。他凭什么做到这一点呢？让。权臣鱼朝恩派人挖了他祖坟。他没有借机报复，而是对着皇帝哭诉道：“臣可能因为长期在外主持军务，部下众多，治军不严，下属摧毁别人坟墓的事是常有的。这是为臣的不忠不孝，招致老天的谴责，不是人患所造成的。”他任命了一个州县长官，代宗却不批准。部将们都为郭子仪鸣不平，但是他却大笑，“你们不知呀，皇上之所以这样做，是因为他们这些节度使手里有军队，不答应他们的要求他们就不会听命，这样做是因为皇帝怕他们造反呀。而对我却不怕我有所回应，那是将我当成心腹呀。”这样的忍让，还有谁能寻找到击垮郭子仪的手段呢？

退让是成熟睿智的气度，是一种大智慧。如果我们对芝麻点的小事睁一眼闭一眼，不去斤斤计较，我们就能远离狭隘、自私、顽固，获得坦然、淡泊、悠远；如果我们立足于全局，放眼于未来，我们就能过得太平轻松、安稳自在，拥有自己美好的生活。

多年后，谁还能记得你的好

◎韩　青

雁过留声，人过留名。人在世上走一遭，谁都想留个好名声。可是，多年后，谁还能记得你的好？

被你伤害过的人，跟你没有任何交集的人，自然不会记得你的好；还有一种人，被你帮助过，可是他们忘恩负义，认为你的善举是应该的，所以他们也不会记得你的好。

做过坏事，还想让人说你好，这不合逻辑；做过好事，却不被人感恩，而你也不计较，这只能说明，你是君子，不懂感恩的人是小人。

而更多的是，你付出过的善心往往都是种子，有朝一日，总会开花结果，给你回报。而你在付出的时候，从来没有考虑过回报的问题，正如诗人汪国真所说："如果付出，就是为了有一天索取，那么，我将多么渺小。"诚如斯言。

有一年，法国作家博马舍应邀到一所大学演讲，演讲结束之后，他看到校园的墙壁上张贴着一张海报，是为这所大学的一名学生募捐的海报。原来，这名叫比尔的学生患了一种很严重的病，需要一大笔的费用进行治疗，同学们便张贴了海报，号召全校师生为比尔募捐。他得知详情后，立即捐了100元钱给比尔，然后便离开了那所大学。半年后的圣诞节，他收到了比尔寄来的贺年卡，已经病愈的比尔向他表示了感谢。从那以后，每年的圣诞节，他都能收到比尔寄来的贺年卡，内容都是向他表示感谢，这种情况一直持续到他离开人世之前。博马舍因此感叹道："我只是捐了一点钱，比尔却感激了我这么多年。所以，现在感动的不是他，而是我了。"

可见，多年后，还记得你的好的人，是那些你帮助过的人，你真心对待过的人。因此，要想在多年后，还能被人说你的好，就得付出，就得去帮助别人。其实，在任何事情上，都是一个理：不劳无获。

其实，别人记不记得你的好并不重要，重要的是自己要做好。当别人伤心欲绝时，你就安慰他一番；当别人误入歧途时，你就拉他一把；当别人四面楚歌时，你就做一回他的朋友……我们帮他的目的，只是让他看到希望，走出困境，实现心愿……如果帮助有了附加条件，那就不叫帮助，叫算计、阴谋。

多年后，如果很多人，包括你的仇人、对手，都还记得你的好，那就说明：你对别人的好，不是逢场作戏，也不是一时的心血来潮，而是助人的习惯使然。这样的好，才是永不凋零的好。

想让别人记得你的好，你要先对别人好。

好源自好，好创造好。

低眉尘世，看见花开

◎积雪草

唐代画家周昉的名画《簪花仕女图》，工笔重彩，让人惊艳不已。画中的女子们云鬓高耸，鬓上除了簪有步摇一类的饰品，还簪有一朵美丽的鲜花，或牡丹，或芍药，或荷花不等。画上的仕女，低眉，眼睛细长，朱唇一点，体态丰腴。

盛装的仕女或拈花扑蝶，或戏鹤逗犬，生活安逸懒散，我注意到一个特点，即便是嬉戏，画中的女子大多也是低眉顺眼，不悲不喜，安详从容，自有一种温婉平和的底蕴在其中。

喜欢“低眉”这两个字。

仰视，自有一股世俗的媚态；俯视，自有一股狂妄的自大；斜视，自有一股傲慢的轻狂；横视，自有一股无知的漠然；唯有低眉，是一种和顺，是一种柔软，是一种淡然，是一种胸怀，内敛，沉静，自然，却自有一股绵厚的力量。

弹琴的女子是低眉的。

弹琴的女子大多颔首低眉，十指纤纤，行云流水般的音符便从指间潺潺流出，铮铮锹锹，声声入耳。时而小桥清流，温婉细长；时而和风旭日，岁月静美；时而幽幽怨怨，如泣如诉；时而铁马冰河，惊天动地。

弹琴的女子自有一股风流妩媚的神韵，神态随琴音行走，如落花随流水，水流弯急便蹙眉，静水深流便安详，一举手，一投足，意蕴十足。

恋爱中的女子是低眉的。

作家张爱玲爱上了一个男人，便成了一个低眉的女子，一直低，低到尘埃里，然，心里却是欢喜的，心甘情愿地为那个人做这做那，做着她能做的一切。可是到头来，那个男人并没有因为她的低眉而与她生死契阔，白首偕老。烟花般璀璨的爱，寂灭之后，留下无尽的虚空，低眉世间，萎谢余生。悲凉吗？不得而知，个中感受，冷暖自知。

最是那一低头的温柔，不知是徐志摩笔下哪个娇羞如花般的女子，轩窗前，花架下，春风里，低眉回首间，几分娇怯，几分温柔，几分温婉，几分含蓄。

菩萨也是低眉的。

金刚怒目，菩萨低眉。金刚怒目为降伏恶人，菩萨低眉是在倾听世间的千种哀音。世人诉求太多，生老病死，困苦磨难，都求菩萨佑护。作家朱天文在《巫言》一书中说：“菩萨除了不忍看，也没有能力看，所以才低眉的。”

以我之想，菩萨低眉，是有一种大慈悲心，在注视芸芸众生。低眉是一种温暖，暖世间苍生；低眉是一种宽怀，宽世间众人；低眉是一种接纳，纳世间万物；低眉是一种包容，容天下万事。

低眉，是一种姿态。

在光阴里低眉，尘世往来，熙熙攘攘，皆为利来，皆为利往，为情为爱为虚名，为浮云如梦。低眉，是一种姿态，不与人争，不与己争。功名利禄，权贵尊崇，都是一种无形的枷锁，忙忙碌碌，到头来，仍是尘归于尘，土归于土。

低眉，是一种淡然。

在生活里低眉，在柴米油盐里讨喜，一盏淡茶，三两知己，怎么知道这样的生活就没有滋味？听一曲梵音，做一段瑜伽，去寺庙小住几日，吃几餐素食，喝两杯清水，再回到尘世，烦忧袅袅作烟尘，超然物外为皈依。

低眉，是一种胸怀。

在尘世间低眉，那些念念不忘的恨，那些此生不渝的爱，那些让你寝食不安的牵挂，那些让你无时无刻都挂怀的琐事，斯时，此刻，觉得至深至痛，觉得一辈子都无法原谅；经年之后，想起来，却是淡淡一笑，不过如此矣。

一转身，就是一辈子，还有什么放不下的。一转身，就是一生，还有什么舍不得的。

做一个低眉的女子，花开，随喜；花落，不悲。

留　余

◎李广森

白居易六十二岁那一年，身居副监察御史一职的他向皇帝提出辞职。

皇帝问，为何辞职。

白居易答，当官太累了。

皇帝说，我懂了，给你保留待遇，活儿给你派轻点儿。

这样，白居易以退居二线的状态，又干了一年。

第二年，白居易再次向皇帝请辞。

皇帝不解地问，按规定，你可以干到六十五岁，为何又辞职？很累吗？

白居易坦言，累倒不累，只是不想干了，想回老家了。

皇帝也很懂人情，实在不想干就不干吧，不勉强你了。

不能在工作岗位上有所作为就尽早辞职，这叫“留得余禄还朝廷”。

白居易回到老家，问儿子：“咱家有多少地？”

儿子答：“五百亩。”

白居易要求儿子说：“卖掉三百亩，让百姓去种。”

这叫“留得余财还百姓”。

白居易让儿子卖了三百亩地给百姓耕种，他利用卖地的收入，利用退休的时间，成立了一个编委会专门编抄白乐天文集。书编成之后，他将一部分诗集送到东西南北中五座寺庙里收藏。所以，白居易的诗作是今天保存最全的。这也正说明了一个道理：有失，才有得。

雍正十一年（1733年），张廷玉的长子张若霭参加廷试高中一甲三名探花。张廷玉闻知此事，当即奏请皇帝将儿子从一甲降为二甲。雍正问："你作弊了？"

张廷玉答："不敢作弊。"

雍正皇帝便问："那么，为何要改考试成绩呢？"

张廷玉答："为了天下的公平。天下人才众多，官宦之子不应占天下寒士之先。"

雍正听从了张廷玉的意见，亲自将张若霭改为二甲一名。

三朝宰相张廷玉这样做，是怕张家势力太强，敌对面太多，这叫"留得余福给子孙"。

一位做领导干部的老兄，边讲故事边读着自己的诗："嵩易康宅留余名，水满必溢道理清。留得余巧还造化，留得余禄还朝廷。留得余福还子孙，留得余财还百姓。四方和谐乐吃亏，失中有得百年兴。"

诗人老兄的创作灵感，来自南宋末年士大夫王伯大所撰《四留余》："留有余，不尽之巧以还造化；留有余，不尽之禄以还朝廷；留有余，不尽之财以还百姓；留有余，不尽之福以还子孙。”因镌刻在河南巩义康百万庄园留余匾上而广为人知。

翻译成现代文，大意为：“留有余地，不把技巧使尽以还给造物主；留有余地，不把俸禄得尽以还给朝廷；留有余地，不把财物占尽以还给百姓；留有余地，不把福分享尽以留给子孙后代。”

留余，就是能挣一万挣八千，能当副部当正厅，能当第一得第二。总之，凡事讲究适可而止，愿意吃亏才四方和谐，失中看到得才会百年兴旺。

谦让更是得

◎刘诚龙

孟子说，君子之泽，三世而斩。祖辈再伟大，再威势，到了孙子辈，福缘便已竭尽。冷眼看去，还真是。很多官家、富家、星家，刚过一代，才到二代，便已尽显败象。与人坐在茶馆里谈起这话题，却发现也有例外。曾国藩家族，起自寒微，势成鼎沸，很多代过去了，依然福泽绵长，无有败落子孙，或还名人辈出，其子曾纪泽诗文书画俱佳，为清末著名外交家；孙辈曾广钧以诗人著称；重孙辈又出了曾昭抡、曾约农这样的大学者和教育家。

曾家何以突破“三世而斩”的魔咒？

曾国藩一家，也曾呈现烧家火苗。曾国藩老弟曾国荃，不大懂得盈缩之道，如曾国藩所说，“眼孔大，口气大，呼奴喝婢，习惯自然”。有一件事可证，曾家曾要建新宅黄金堂，规模很崇闳，兴造蛮壮丽，正因地基所占面积大，侵占了邻居地皮。湖南人计算亏与福，多是以屋为计量单位的，如吃亏便说，吃了个屋大的亏；如赚了便说，占了屋大的便宜。曾家固然想占屋大的便宜，邻居哪想吃屋大的亏？两家便先斗嘴，后要斗架。邻居苦农民一个，哪比曾家赫赫威势？一纸状子，告到了官府。

打官司，便是打关系，曾家关系现成，曾国藩在朝廷当大官呢。曾家收到了法庭传票，便写了一封信上告曾国藩，只要曾国藩一张纸条，这事自然摆平，莫说占邻家三尺墙，纵使把邻家地坪全刮去，只要曾国藩好生运作，也是不难。曾家算盘是这么打的，话是这么说的。

曾国藩收到了家信，赶紧回了信去："家事有弟照料，甚可放心，但恐黄金堂买田起屋，以重余之罪戾，则寸心大为不安。不特生前做人不安，即死后做鬼也是不安。特此预告贤弟，切莫玉成黄金堂买田起屋。弟若听我，我便感激尔；弟若不听我，我便恨尔。"信里句句是要灭自家威风，护邻家利益，把话说得特别明白而严厉。

地皮之争，是常起的。清朝张英，是安徽桐城人，也是大官，他家要建高堂大楼，要侵占邻居吴府一条小巷，吴家也是不愿意，矛盾由此而起。张家便起意仗势，要找在京都当文华殿大学士、礼部尚书的张英来压邻居，也是去了一信。张英见信，赶紧回了，信里写了一首流传后世的名诗："千里来书只为墙，让他三尺又何妨；万里长城今犹在，不见当年秦始皇。"这般大官都这么谦让，那邻居也自然感佩，于是张家让出三尺，吴家也让出三尺，共同谱写了六尺巷的美丽传说。

曾国藩家，复制了这件事。人世间，一而再，再而三，反反复复出现这般事，那是因为人世间有太多的纠纷，有太多的争夺，有太多的不服气。有人把张英之举赞为谦让，赞他品德高尚。张家有权有势，却并不以权势来处理人与人之间的矛盾，确是德操过人。也正因张英有德操，他敬邻居一分，邻居也敬他一分；他让邻居三尺，邻居也让他三尺。

曾国藩力劝家里谦让邻居，说来，他并不是打“德”的算盘，他不打“德”的旗子，他打的是“得”字珠子。人生之德，人人须有，但那是自有与自享，比如自家一壶茶，很香很温润，我自己喝，不给人喝，他人也没办法。德，就是这样的茶，给人喝，那是高尚；不给人喝，你也不能说他卑鄙。人生之得呢，人人想有，但那不是自己固有，须与他人协商，须与他人分享，须与他人讨价还价，要从别人那里弄来。一句话：德，是自家的，给不给人，看自己；得，是别人的，给不给你，看人家。

曾国藩确是以得与失，来衡量黄金堂的建与不建的，他跟他老弟算账，“但令世界略得太平，大局略有挽回，我家断不怕没饭吃。若大局难挽，劫数难逃，则田产愈多指摘愈众，银钱愈多抢劫愈甚，亦何益之有哉？”曾国藩是这么算账的，如与邻居争了地坪，争赢了，那得的，一是这块三尺地皮，二是一块三寸脸皮（你家厉害，威风，脸上有光，人有面子啊），而其失呢？一、从此结下了仇恨，会让曾国藩“生前做人不安，死后做鬼也不安”；二、争得一时之气，固然有面子，但他这样的大贵之家，史上记他一笔，一世英名不全毁了？当时节，也被人戳背心，“指摘愈多”呢，更遗臭万年呢；三、谁知道争赢之后，会有什么劫难？兔子惹急了，都咬人呢。人家来拼命了，你何处？

为一块三尺地皮赔上性命，划得来吗？人家不直接来拼命，暗地里煽阴风放阴火，损失的也不只财产，也可能是把性命也搭进去了。将争与让这块地皮之得与失，加减乘除，到底是让之得多，还是争之得大？

与人争蝇头小利，智者常常说，算了；与人争蜗头虚名，德者常常说，算了。什么叫算了？就是利与弊算过账了，就是得与失算过账了，就是好与坏算过账了，就是福与祸算过账了，就是赚与亏算过账了，就是财与命算过账了，就是生与死算过账了，就是苦与乐算过账了，就是今与后算过账了，就是禄与寿算过账了，就是喜与悲算过账了，就是名声之清与浊算过账了，就是福分之长与短算过账了，就是脸上有光与身家增光算过账了，就是一世之泽与万世之劫算过账了……

算了，什么意思？一句话，是算过账了，算后，再了；了后，得了，又德了，得与德双赢了，何不这样算了？与人有争，是死死争去，还是谦谦相让？您要算细账，更要算大账。

您遇到人世间大事小事，请您多说“算了”。

管好你自己

◎李爱华

从小我们就在热情助人的谆谆教诲下长大，认为自己真诚、善良，经常自以为是地去关注安排别人的生活。当别人对自己不领情时，还会觉着委屈至极，其实假若你超越了人与人之间交往的界限，虽是好意，也会让别人感到极不舒服，更得不到预期的效果。

人与人之间的交往忌讳以下几种情况：

1. 拿自己当“救世主”

有些人总是过高地估计了自己的能量，以为自己可以和天使、上帝媲美，可以拯救别人于水火之中。而事情往往不是你想象的那样，许多人往往不领你的情，而你也会把自己弄得很累，真是费力不讨好。尤其许多女人更是如此，她们有时会斥责男人过于冷漠，但男人在处理人际关系时远比女人理智冷静。

2. 总想妄图改变别人

这也是许多人在交往中的误区，尤其在夫妻之间、家长与儿女之间更为普遍。其实百分之九十的人都不愿意接受别人的改造，甚者还会产生反感，对你敬而远之。我们所能做的就是用自己的言行去影响、温暖、感化、陪伴你的亲人朋友，让他自己心甘情愿地发生转变。

3. 没有留一个进退自如的空间

我们喜欢一个人、关怀一个人，总喜欢把他攥得很紧很紧，其实这是最不明智的。每一个人都不是另外一个人的附属品，都是一个独立完整的人。所以，无论朋友亲人都有自己的一个空间，进可攻退可守，不纠缠、不占有、不束缚，不要将自己的意愿强加到任何一个人身上，来满足自己的掌控欲。

4. 没有远离别人的"隐私"

小时候，邻居家的小夫妻要是打仗生气了，爸爸妈妈连忙跑过去又说又劝。妈妈单位的阿姨离婚可是众人皆知，单位要开介绍信，领导进行调解，在那个年代，人们是没有隐私可言的。而当今社会，每个人都有自己不同的生活方式，哪怕是单身、离异或是未婚先孕，都是人家自己的私事。假若你特别八卦，东家长西家短，总是对人家夫妻内幕、家庭矛盾乐此不疲，无疑闯入了别人的私人领地，侵犯了别人的心理空间。这样下去谁能喜欢呢？

5. 过于熟络而没有尺度

有的人一旦和别人熟悉之后就会忘乎所以，立刻变得亲密无间起来，借别人的衣服穿、用别人的东西、进别人的卧室、使用别人的卫生间、翻别人的抽屉、看别人的日记、查别人的电话记录等。这种界限不清的行为经常让别人感到无可奈何，直到敬而远之。

6. 好为人师纠正别人

有的人自以为爱着你、为你着想而处处管着你，当你产生某种想法、出现某种情绪变化、想做某件事的时候，他会告诉你，你的想法、情绪和行为都是错的，不应该这样，应该那样。自以为你和他是一样的人，总把自己的感受想法投射到你身上，表面上很关心你，希望你别犯错误，常来纠正你，其实这样的纠正是不必要的。因为每个人都有犯错误的权利，剥夺他人犯错误的权利就是剥夺他人成长的机会。

心理学有个经典语录，就是“管好你自己”。“别人的事”，用不着你管，“老天的事”，你也管不了。归你管的你管，不归你管的别管，想来想去，管好自己的事是最轻松也是最明智的。

慎始戒一

◎刘凌林

明代张瀚在《松窗梦语》中有记，自己初任御史参见都台王廷相，都台不无用心地对他讲了一段见闻：昨日乘轿进城，不巧遇上下雨，有个轿夫穿一双新鞋，开始时还审慎地择地而行，后来一不小心踩进水里，便“不复顾惜”了。都台对这一见闻作了点评：“居身之道，亦犹是耳，倘一失足，将无所不至矣！”

张瀚听后触动很大，“退而佩服公言，终身不敢忘”。张瀚的官做到工部尚书、吏部尚书，在明穆宗、神宗两朝均有建树，而且清廉刚正，甚至对于权倾一时且有恩于己的重臣张居正，也敢据理力争。这与当年王廷相的一番警示不无关系。

俗话说“万事开头难”，但那要看开什么头。开好头是难，步步向上，形同爬坡，而开坏头就容易多了，因为开坏头如同滑坡，仅凭落差的惯性，便可以滑下来。

开坏头不仅容易，而且坏头一开，便很难打住，很难收场。那些第一次失足的人，在越过道德底线之前，心中总会有一个选择和斗争的过程，他们往往会为自己的错误选择找到一个说得过去的理由，以便对自己的心灵有个交代。也明知违反了原则，越过了底线，又往往心存侥幸，以“下不为例”来原谅自己。之后，再遇到类似情况，那些自欺欺人的“理由”又会冒出来，而“下不为例”便会抛之脑后，使他们再次迈出越过底线的第二步，从而一而再再而三，破罐子破摔，以致“一发而不可收拾”。

一失足成千古恨。就人生的操守而言，要坚持慎始戒一。人生有无数个开始，从每一个开始都要坚持原则，把握好自己。人生又有数不尽的诱惑，失足总有个“一”，从面对第一次诱惑之时就要保持警醒，站稳脚跟，在心灵的魔鬼第一次露头之际，就予以坚定的拒绝。人生就是一种坚守，要做到“常在河边走，就是不湿鞋”，慎之又慎开好头，心明眼亮走好路，绝不跨出超越底线的第一步，这才是正确的“居身之道”。

医者仁心

◎孙道荣

每次去浙医二院看病，都会被大厅里的一张放大的老照片吸引。

老照片上一老一少，两个人面对面地鞠躬致礼。孩子四五岁的样子，穿着厚厚的老式对襟棉袄，头戴瓜皮帽，双手交叉在前，弯腰鞠躬，憨态可掬。站在孩子对面，与孩子相互鞠躬的，是穿着皮鞋和西服，也戴着礼帽的一位长者，他的身子几乎弯成九十度角，让人担心，头上的帽子会掉下来。

鞠躬是旧时国人间的大礼，孩子向大人、长辈、尊者鞠躬致意，是很正常的，可是，却很少看见大人、长辈、尊者，向孩子鞠躬的。细辨，老者还是一位外国人。这就更奇怪了。

老照片背后，有感人的故事。这张老照片，拍摄于一百多年前。照片上的老者，是这家医院的前身广济医院的院长，苏格兰医生梅藤更，而孩子是梅医生的一名小患者。一天，梅医生清早查房时，一位小患者彬彬有礼地在病房门口向梅医生鞠躬，深谙中国礼数的梅医生也深深鞠躬回礼，这一温馨场景恰好被一名摄影师记录下来，遂成经典瞬间。

梅藤更，1856年出生于苏格兰西南部艾尔郡。1881年，二十五岁的梅藤更完成医学培训课程后，和结婚才两个月的新婚妻子一起来到杭州。在教会的资助下，梅藤更和他的助手建起“广济医院”，取“广济救世”之意，它就是浙医二院的前身。梅医生在这里工作了整整四十五年，直到退休回国。1881年他到杭州时，医院简陋至极：没有自来水，没有电，没有药房，没有手术室。而他离任时，广济医院已经拥有了五百张病床、三个手术室、住院病人四千例左右，成为全国最大的西医医院之一。

在浙医二院，至今还流传着许多关于梅医生和病人的温馨故事。另一个广为人道的小故事，也是梅医生和一名小患者之间的趣事。当年有个四五岁的小病人，从来不笑。冬天，他穿着厚棉袄，像个矮脚鸡，梅医生就模仿大公鸡，把腰弯下来，再慢慢直起，身子尽量往后仰，学着公鸡的样子，“咯咯咯”地打鸣，小病人被逗得忍不住哈哈大笑。

逗病童开心，与小患者鞠躬行大礼，这都不是一个医生必须做的，也与医术无关，但是，我相信，对这两名小患者来说，外国人梅藤更，不仅是一名医生，还是一位慈祥的长者，在为他们解除病痛的同时，也带给他们快乐、平等和尊严。

我认识一位老医生，很难说他的医术有多高，他连正规的医学院都没上过，属于半路出家，但是，周边的老人，都喜欢找他看病。我也陪家中的老人去找他看过病，检查完了，开好了药方，他都会让病人到药房拿了药之后再来一趟，告诉病人，哪个药是饭前吃的，哪个药是饭后吃的，吃药期间有什么忌口等等，末了，再叮嘱几句，别贪凉，莫吃生食，不要再抽烟了……病人一一记住，连声道谢而去。对每一个病人，他都这样不厌其烦。

老医生所做的，其实就是比别的医生多嘱咐了那么一两句，温暖的话语，未必治病，但肯定温暖人心，有时候，甚至比药还管用。

你若如莲，污泥不染

◎王　纯

在单位，我和晓阳走得最近，我们在一个办公室，是合作伙伴，也是无话不谈的好朋友。

那天，我和晓阳一起上楼，刚要踏上三楼的台阶，就听到办公室里大嗓门同事叶子的说话声，只听她有些愤愤地说：“晓阳这人，根本就是个伪君子，你们别看她平时说话带笑，其实笑里藏刀！这人最会讨好领导，在领导面前告别人的状，贬低别人，抬高自己……”办公室的门敞开着，她的说话声听得一清二楚。我听到这儿，心中不由升起怒火，晓阳的为人我最清楚，她热心又能干，很得领导赏识，有人出于羡慕嫉妒恨，造谣中伤她，实在是太可恶了。我要冲上去和叶子理论，晓阳却使劲拉住我，示意我不要说话，然后硬把我拉下楼来。

我气呼呼地质问晓阳：“你怎么回事？未免也太窝囊了吧！别人这么污蔑诽谤，你都不吭声，还要装作不知道。”晓阳笑了笑说：“刚刚我听了那些话，也有些生气，但转念一想，如果我上去闹一通，大家撕破脸皮，两败俱伤，只会把小事扩大化。”我依旧替晓阳不平，问：“难道就这么吃哑巴亏？”晓阳平静地说：“其实仔细想想，这事很简单。谁人背后无人说，别人背后说你，当作不知道，就相当于没说。再说了，有人议论你的是非，不见得是什么坏事。别人说得对的，对自己是个警示。别人说得不对，甚至带着污蔑的色彩，只能说明她自己人格有问题，或者是你足够优秀引起别人嫉妒了。总之呢，走自己的路，让别人说去吧！”

晓阳善于思辨，做事理性，说话也是一套一套的。我听了她的话，情绪也平静了，但还是忍不住说：“她在办公室里那么说你，会给你造成很坏的影响的。你不去澄清，就任由她胡说？”晓阳笑了笑说：“你若如莲，污泥不染！”

“你若如莲，污泥不染！”一句话说得我豁然开朗，是啊，如果你能保持莲花的高洁，污泥奈你如何？小到这种琐碎的议论，大到人格的侮辱和诽谤，都像污泥一样，如果能像莲一样，高洁自爱，污泥自然就不会靠近你。

不由想起一个佛教故事。寒山子问拾得：“世间有人谤我，欺我，辱我，笑我，轻我，贱我，我当如何处之？”拾得说：“只要忍他，让他，由他，避他，不要理他，再过几年，你且看他。”人生在世，谁都可能遭遇误解甚至诽谤、污蔑，只要你拥有宽容、博大的心胸，就能淡然看待一切。有的人心灵脆弱，禁不住飞短流长的侵扰，最终让自己在谣言中毁灭。其实，遭遇流言蜚语对人也是一种考验和磨砺，还能够帮你走向更广阔的天地。

后来的日子，晓阳依旧像往常一样，真诚对待叶子。晓阳说，把一切交给时间，日久见人心，时间长了别人自然会知道你是怎样的人。果然，后来叶子完全了解了晓阳，也和她成了朋友。晓阳在单位赢得了更多人的尊重。

心怀宽广，路就会越走越宽。你若如莲，污泥不染。

节制之美

◎钟　芳

励志大师刘墉在《再试一次就成功》中讲了一个故事：一天，他与文学大师梁实秋同桌用餐。冷盘端上来，梁先生说他有糖尿病，不能吃带甜味的熏鱼；“冰糖肘子”端上来，他又说不能碰，因为里面加了冰糖；“什锦炒饭”端上来，他还说不能吃，因为淀粉会转化成糖。最后，端上“八宝饭”，我猜他一定不会碰了，没想到梁先生居然大笑道：“这个我要。”朋友提醒他“里面既有糖又有饭”。梁大师则笑说他早知道，就因为早知道有自己最爱吃的“八宝饭”，所以前面特别节制。“我前面不吃，是为了后面吃啊！因为我血糖高，得忌口，所以必须计划着，把那‘配额’留给最爱。”

释放很容易，难的是节制。人要生活，必有物欲，这是极正常不过的事情。但梁实秋先生决定要吃最后上的八宝饭，于是在前面特别节制，这是一种自律自省，让我领悟到节制的深意和妙处。

节制就是有所为有所不为。自我节制就是自我约束，自我管控，它是一种能力，控制着人们的性格和欲望。人一旦失控，就会被欲望蒙住眼，心胸被贪欲驱使，变得随心所欲，不可收拾。

学医的人都知道，鸦片作为一种药物，具有缓解疼痛、镇咳、催眠等疗效，如在医生的指导下，合理使用，能有效治疗相关疾病。但如不加节制地滥用，则易成瘾，成为人们闻之色变的毒品，会严重损害人的身心健康。

演员陈道明是一个对生活很节制的人，他低调处世，一直与所处的娱乐圈保持距离，在他塑造形形色色人物的艺术世界里，他清静地为自己做了本色演出。他把自己的人生总结为：在高处立，着平处望，向阔处行。有上等心，结中等缘，享下等福。冯小刚在《我把青春献给你》里写道："陈道明是只有在戏里才会放下清高、才会低头的那种人。"清高，在冯小刚笔下，是一种赞美。放到如今这个言必谈"接地气"的时代，却难免被视为一种"装"。但，陈道明说了，也做了。他说："这个世界不是你的世界，不是说你成功了，你想做什么就能做什么。我觉得做人的最高意境是节制，而不是释放，所以我享受这种节制，我觉得这是人生最大的享受。释放是很容易，物质的释放、精神的释放都很容易，但是难的是节制。"

陈道明的高明就在这里，就因为这个世界不是你自己的世界，所以就不能胡来，就必须要有所节制，不冲动，不胡来，不嘚瑟，不得意忘形，按规则办事，依照时间行事，照着谈好的做。不管任何情况下，不能对人和社会有破坏性，这是做人的底线。他认为能有效地约束好自己的行为，是一件很快乐的事。在宁静的生活里，他享受着这种节制，觉得这是人生最大的享受。

大千世界，有得必有失。在喧嚣的生活中，保持有节制的简朴生活，是一种最本真的生命状态。有的人一生都在追求心里的欲望，为了满足这个欲望甚至不惜牺牲一切，到头来，还是尘归尘，土归土，一切都归了岁月。只有远离诱惑，认真做事，清白做人，完善自我，才可以让自己的人生更美丽更丰满。

入世者的精妙境界

◎崔耕和

栋梁易伐，草芥易踏，无论贵为卿相，还是贱列刍狗，都有被戕灭、被烹煮的危险。既然离不开人世江湖，那么如何最大化避险，最佳化存在呢？中庸，不失为入世者的精妙境界。有三个故事也许能说明这一点。

唐朝功臣郭子仪大家都知道，他有个儿子娶了皇帝的女儿，从此开始了“幸福”的生活。没承想这“白富美”实在骄横跋扈，婆家一干人全不入她的法眼。郭子仪的儿子实在忍无可忍，竟一怒对着媳妇说了句狠话：“你有什么了不起，是我爹不愿做皇帝，你才成为今天的公主的！”这还了得，这话搁任何朝代都是轻则杀头，重则灭九族的。公主脑子里阶级斗争这根弦绷得很紧，立即将此话告给了皇帝。令人惊奇的是，皇帝听了只是微微一笑，认为这只是小两口拌嘴的气话，并没有施之以杀头灭族之罪。

你看，强势者的中庸，在于思考和决策的不偏不倚，在于内心有充沛的自信。否则，砍伐一片栋梁，可能会倾倒一座大厦。

清末曾国藩功成名就后，趋炎附势者多了起来。对此，曾国藩倒是淡然处之，但他的一个手下却每每反感，总想找机会教训一下那些溜须拍马的人。这天，机会来了，这个手下在批阅信件时，将一位拍马的官员狠狠地讽刺了一番。曾国藩看过批阅后意味深长地说："人各有各的生存方式，有人就靠这样做来生存。你如此批阅无疑是夺了他们的生存之道。他们将来得了势，可能会想办法置你于死地。"

你看，中势者的中庸，在于吃准人性，看透一切，自然而然地处世，无往而不利地生活，不会无端地为自己设置藩篱、埋设地雷。难怪那位手下听了曾国藩的话后会大汗淋漓。

还有一则说的是"庖丁解牛"，中学课本里有。梁惠王观看了庖丁解牛的过程，看他手起刀落，干净利索，于是连声称赞他的技术。庖丁接着说了一段很有哲理的话：一般的厨子一月换一把刀，好的一年换一把。我这把刀用了十九年了，解剖了数千头牛了，可刀刃还像新磨过的一样。不过，如果遇到错综复杂的结构，我还是会聚精会神，一点儿不敢怠慢。

若把刀子比作生命，谁都希望自己的这把刀用的时间更长。庖丁的意思说得很明白，只有善于在生活的骨肉筋脉之间寻找空隙，才能游刃有余，绝不能以硬碰硬。可见，弱势者的中庸，在于寻找和把握空隙，在生活的空隙里行走，才不至于左右碰壁、前堵后挡。误打误撞只会自戕性灵。

《论语》中说："中庸之为德也，其至矣乎！"意思是中庸把一切道理都说尽了。此话虽绝对，但不得不承认其博大精深，若解其精髓一二，在偌大的江湖中，就能从容自如，最大化无伤于尘世的斧钺。

不予点评“第一次”

◎零　凌

那天，一家电台播出了我的两篇作品，并约我进行电话连线采访。那是我人生中第一次被采访。

提问的题目是提前知会过我的，因而，我也曾事先在洁白的纸张上逐字逐句地斟酌，认真作答。但，当被切入节目现场的情境，声音甜美的主持人通过电波对话我，当我生涩地念出第一个文绉绉的排比句，马上意识到自己犯了一个大错。

这不是一场作文，也不是一场朗诵，这只是一场聊天。我的表达方式不对路。

许是主持人也很快发现了这个问题，她开始和我扯家常，聊起了一些文章之外的“题外话”。这是毫无准备的，我顿时又陷入了更大的紧张。偏偏，其中一个问题，猝不及防地击中了我的敏感、激动、疼痛处。有那么几秒钟，空气凝固了，我冷场了。接下来，语无伦次，言不尽意……

“唉，我连个话都说不好，真是糟糕透了！”节目结束后，我自责地跟先生说，惭愧得只想找个地缝钻进去。然后，忐忑地等待他给我刚才的表现打分。可是，他却什么也没有说，只是安静地望着我微笑。

“哎呀，有几个文友也知道我今天上节目的事，他们肯定也收听了。天啊，真是丢死人了！”

先生终于开口：“不要多想，他们也不应该对你的‘第一次’做点评。”

“嗯？为什么？”我不解地问。

先生说：“我看过一期电视节目。年轻的电视主播第一次录节目，都会很紧张，事后不敢看回放。为了不给他们造成压力，一位资深主播对年轻人的‘第一次’从不予以点评。等过了一段时间仍没有改进，才会委婉地给出一些建议。”

不予点评“第一次”？我仔细琢磨，觉得颇有几分道理。

每个人的“第一次”都不会完美无瑕、无可挑剔，但每个人的“第一次”都会被无比珍视、反复玩味。不予点评“第一次”，其实是给当事人一个自尊、自省的空间，一份自我宽容、自我接纳的勇气，一个自我品鉴、自我成长的机会。

这么想着时，我便也终于慢慢释怀、放下，并悄然将这不完美的“第一次”收藏心底。

别打扰她的苦

◎付秀宏

两年前，因丈夫道格拉斯不幸去世，英国科茨沃尔德市的苏姗小姐苦苦养育着两个孩子，一个8岁，另一个3岁。没想到，又一场突如其来的不幸降临了。因家中失火，她的一个孩子失去了生命，另一个被烧伤。遭此厄运，苏姗一下子被击倒了，住进了医院。

看苏珊无助地躺在病床上，电视台记者想帮她渡过难关，但她说："我能扛过不幸和苦难，不能惊扰观众平静的生活。"记者颇感疑惑，解释说："电视台报道后，您会收到很多捐款的。"

苏姗摆摆手，"我要大家捐款干什么？我失去了丈夫，失去了一个孩子，另一个孩子受了伤，确实很不幸。不过，这和金钱有什么关系？"尽管苏姗一再谢绝，记者还是把这次采访录像播出了。

播出后，许多素不相识的市民来看望苏姗，有的送钱送物表示慰问，还有的男士向她表达了爱慕之情。一时间，苏姗家门庭若市。苏姗感到心力交瘁、疲惫不堪，最终将电视台告上了法庭，要求其赔礼道歉，消除影响，并负责将自己收到的钱物退还给大家。

在法庭上，听完控辩双方的陈述，法官史密斯指出：“生活中，不幸也是一个人的隐私。电视台为提高收视率，没有征得当事人同意，擅自播放采访录像，给苏姗小姐造成了极大伤害，这是严重的过错。”后来，科茨沃尔德市颁布了一项法规：“擅自曝光他人的不幸和苦难，是严重侵犯他人人格尊严的行为。”

不是所有的人都希望被更多人关注。一个遭遇苦难和不幸的人，是不是愿意从自我疗伤阶段走到接受帮助阶段，这涉及个人的选择权利。伸出援手当然是好的，但不能侵犯他人对于个人痛处的自我保护。

我曾经咬破过一个苦杏仁，当时感觉真苦。吐出来，还苦，急忙喝茶水漱口。连一个苦杏仁都这样，何况一个活生生的人？痛苦这个东西，没人会去选择它，但在一定时期可以适当包裹起来，然后平静地去接纳它、体验它。在台风的中心，有的人就喜欢静守自我，那我们就不要去过多打扰。

你知道人家是苦的，在不同意的情况下，就不要去碰触。在这个世界上，尊重比什么都重要，它是一种别样的人性温暖。

将心比心

◎张达明

2006年，英国著名作家伊恩·麦克尤恩的长篇小说《赎罪》被导演乔·怀特改编拍摄成同名电影。影片讲述了第二次世界大战前，一位名叫布丽奥妮·泰利斯的十三岁少女，因一次意外后错误的控告，改变了几个人生命轨迹的故事。影片上映后大获成功，荣膺2008年第六十五届金球奖的最佳剧情片奖。

但许多人对影片脱离小说本意提出了强烈批评，更为作者伊恩鸣不平，纷纷鼓动他为自己讨个说法。

伊恩却是另外一种态度，他在接受媒体记者采访时说："在此之前，我已有六部作品被改编成了电影，而且每部被改编的作品都不同程度地脱离了小说本意，我都认可了。原因很简单，因为，要把一部小说改编并拍摄成一部电影，是一个相当艰难的过程，中间有导演、演员、摄影、美工等等的参与，其艰辛绝不亚于一场真正的战争。我曾和导演彼得·叶兹改编并拍摄了我的另一部小说《无辜者》，过程可不像在影院里欣赏影片那样舒服！虽然是大集体的合作，但不时会出现这样那样的事情，每天都使你在恐慌和不安中度过。《无辜者》拍摄完毕后，我已经晕头转向了，不知道自己到底是出力不讨好呢，还是为影片的成功锦上添花。所以，要将心比心，要体谅导演的苦衷，不要自以为是地对他的艰辛付出评头论足。”

记者追问道：“难道您就甘心认可这个结果吗？”伊恩笑道：“我打个比方，就如一个人在河岸上行走，他一直以为对岸的风景比自己这边要美丽，其实不然，如果当他走到对岸时，他才感到两岸的风景都同样美丽，同样值得珍惜！我们未来的风景应该以现在的所处为基础。因为，未来是一种完善，更是一种进步，也就是说，最美丽的风景不在对岸，而是在我们每个人身边。”

生活中，如果每个人都能做到将心比心，人与人之间就会多一些宽容和理解，少一些计较与猜疑。

一只蝼蛄里的尊重

◎张君燕

东汉时期的邓禹见解不凡、才华过人，曾有很多豪杰邀请他，他都不肯相从。有一次，绿林军领袖刘秀亲自拜谒邓禹，想要把他招致麾下。出发之前，刘秀就有耳闻，不久前另一起义军的领袖刘玄曾前去力邀，最后无功而返，自己此次前去，胜算可能也不是太大。果然，刘秀说明来意之后，同样遭到了邓禹的拒绝。

就在邓禹准备闭门逐客之时，刘秀笑着问："听闻仲华兄喂养的蝼蛄举世无双，百战百胜，可否拿出来观赏一下？""大王也喜欢斗蝼蛄？"邓禹顿时面露喜色，请刘秀坐下，并拿出喂养的蝼蛄给他欣赏。刘秀告辞时，邓禹还取来自己的蝼蛄罐赠予刘秀："这里面是一只非常强壮的蝼蛄，百战百胜、从未畏惧。今赠予你，愿你所向披靡。"刘秀小心翼翼地接过蝼蛄罐并感激地致谢。

回去的路上，刘秀的手下问："大王不是一向讨厌斗蝼蛄的行为吗？什么时候开始关注起来了？"刘秀听完只是笑而不言。后来，刘秀又陆续地给邓禹修书几封，向他详细汇报那只蝼蛄的情况，包括自己精心喂养的过程。几个月后，那只蝼蛄死掉，刘秀又专门托人告诉邓禹，并告诉他那只干枯的蝼蛄用来给一个受伤的副将治病用了。至此，邓禹非常感动，随即策马扬鞭，追随刘秀而去。刘秀的手下对邓禹如此巨大的改变都惊叹不已，刘秀笑着说：“想要招纳人才，首先要学会了解和尊重。了解他的喜好，尊重他的行为。虽然他只是赠予我一只小小的蝼蛄，却是我表现尊重最好的机会。”

我们常说，尊重他人是赢得他人尊重的开端。其实尊重更是各种人际交往的开端，在我们日常的学习和生活中，要有意识地去了解他人的喜好，并给予充分的尊重。如此，才能在人际交往中游刃有余，获得更好的人缘。

第三部分

人心最短的距离

人心最短的距离

◎清风慕竹

当初，狄仁杰曾为并州（今太原）法曹（主管司法的官员）。

有一次，他的一位同事郑崇质接到了一道命令，担任使者出使国外。出国在现代是件美差，可在那时，没有飞机，也没火车，就靠骑马或坐车，走一趟短则数月，长则几年。更要命的是，出国的路途往往充满艰险，有去无回是经常的事，因此唐朝政府规定，什么级别的使臣出使如果死了，会享受什么级别的抚恤，可抚恤再高，也没人愿意拿生命冒险，所以只要碰到这种事，官员们都会千方百计地推诿。郑崇质现在就遇到了这样的麻烦，不光是自己生死难料，他还有一个老母，体弱多病，无人奉养，这令他十分为难。

狄仁杰听说了此事，对郑崇质说："太夫人有危疾，而公远使，岂可贻亲万里之忧！"（你家老母有病，怎么能让她对万里之外的儿子怀有忧愁呢？）狄仁杰年轻时就以孝闻名，他离家赴并州当官时，登上太行山，回望见南边有一朵白云，忽然潸然泪下："吾亲所居，在此云下。"（我的母亲就住在这朵白云下面啊！）悲泣难过了许久，一直等云朵远去才重新上路。

狄仁杰显然非常理解郑崇质此时的心情，于是毅然提出申请，要求代替郑崇质出使。这几乎击中了我们内心中最柔软的部位，郑崇质的感动可想而知，而被打动的岂止郑崇质一人呢？当时狄仁杰的上司蔺仁基正与司马李孝廉闹矛盾，听说此事后顿觉脸上发热，便找到李孝廉说："我们难道不感到羞愧吗？"从此两人和好如初。

唐元和十年（815年），刘禹锡与柳宗元同时被召回京城，此前他们因为讽谏朝政双双被贬，这次回来原以为会得到任用，不想再中谗言，再度遭贬，柳宗元要去的地方是广西柳州，刘禹锡则被贬到同样遥远的播州（今贵州遵义市）。在那时，这都是荒凉之地，是流放官员的地方。

刘禹锡去赴任也就罢了，他毕竟还年轻，可他家还有八十老母，此番跟着他跋涉千山万水，恐怕受不得这份罪。因此，当柳宗元得知此消息时，不禁大哭起来："播州不是人居住的地方，而梦得有老母在世，我不忍心让刘梦得处于困窘的境地，以致使他没有什么话用来禀告他的母亲；而且也万万没有母子一同去的道理。"于是，他立即"请于朝，将拜疏，愿以柳易播，虽重得罪，死不恨"。请求与刘禹锡对换地方，即使因此再次获罪，也在所不辞。

刘禹锡感动得无以言表，世上有几人能够肝胆相照到如此地步呢。后来，当柳宗元客死柳州任上，刘禹锡不仅收养了他的儿子，还花毕生之力，整理柳宗元的遗作，全力筹资刊印，一代文学大家的经典之作由此才得以保存、流传。

在当今这个世界，许多人都在感叹人情的冷漠，分明是对面而立，却感觉相隔万里。狄仁杰和柳宗元告诉我们，要找到人心最短的距离，既不需要才华，也不需要智慧，只需要一颗善良的心。

最美的善意穿着衣裳

◎游宇明

某熟人，家境富裕，家里有别墅、豪车，还请了保镖，在这座城市，其家族的一举一动都受人关注。此君非常善良。当年读大学时，经常跟一位家庭困难的低年级同学一起去食堂买饭，这位低年级同学每餐都只打一份蔬菜，熟人有时故意多打一两份荤菜，然后装着吃不完的样子，将还没有动筷的荤菜分给低年级同学。后来，他又跟这位同学合伙做生意，赚了钱五五分成，当然他的那个“五”总是会找借口塞到低年级同学手里。过了些年，那位低年级同学终于事业有成。

我为熟人感动，他虽然也是富二代，却没有某些富二代骄奢淫逸的恶习，而懂得以特殊的方式向他人表达善意，给那些处于寒冬季节之中的人以温暖。

我住在单位大院里，住所离上班的地方只有十五分钟步程，加上宅在家里的时候多，一直没买车。但没买车不等于完全不需要用车。上街，我一般是有公交就坐公交，没公交就打的。需要去更远的地方，就坐火车、飞机、长途汽车。住在城里的父母偶尔回五十多公里外的老家，也一样是坐长途汽车回去，再坐长途汽车回来。

一次在朋友家吃饭，朋友问我已回去了一段时间的父母是否回城了，我说没有。朋友说：“我想去猪婆山林场玩，恰好可以到你老家去一趟，顺便将老人家接来。”我说：“好啊！”不过，我也有些纳闷，朋友是个喜欢游历的人，猪婆山林场都去过四五次了，现在又不是繁花似锦的春季，他怎么会有那种雅兴？后来一想：每个季节有每个季节的味道，也许朋友就喜欢这样的感觉。我跟他一向关系极好，去我老家玩玩，我也非常高兴。后来，我才从别人口中知道：朋友那次其实是专程去接我父母的，因为我这人生性要强，不喜欢麻烦别人，朋友怕我谢绝，故意以去猪婆山林场玩为幌子。

中国有句俗话，叫“受人之托，忠人之事。”我没有托朋友办这件事，朋友却善解人意地想到了，并且悄悄地化解了我内心的不安。

我的熟人与朋友都懂得给善意穿一件合体的衣裳。善意的衣裳有无数种，我的熟人给善意穿的衣裳是“互利”，我的朋友给善意穿的衣裳则是“顺路”，只要我们想得到，又能被别人接受，这善意的衣裳就是合适的，值得提倡的。合体的衣裳不仅无损善意本身的光辉，反而更能体现善意的温度与深度。

一个人站在自己的立场想问题很容易。你时时刻刻跟自己待在一起，自己需要什么、幻想什么，哪里最烦恼、哪里最高兴，一清二楚，只要顺着情绪去做就行。真正难的是站在别人的角度想问题，体恤他的困难，理解他的心境，给他提供力所能及的方便。给善意穿某种衣裳，说到底就是为了尊重他人的感受。

给善意穿衣裳的人是最不在乎得失的。一般说来，直接的给予更容易给人留下印象，更可以促发他人日后回报的冲动。而给善意穿上衣裳，这衣裳很可能遮掩部分善的光芒，使善意的形象不那么醒目、善意的色彩不那么耀眼。只有那些不在乎世俗的交换只在乎善意本身的人才可能这样去做。

任何一种善意都强于恶意，任何一种善意都不同程度地推动着人心的纯粹，穿着衣裳的善意与一般的善意区别在于：它会在悄然无声中进入他人的灵魂。

尊重的力量

◎孤山夜雨

《诗经》中说“投我以木瓜，报之以琼琚”。

有两个人要到一个小镇定居，就到附近的加油站了解情况。“这个镇上的人怎样？”第一个人问。加油站的人反问：“你那里的人怎样？”他回答：“糟糕透顶！”“我们这儿的人也一样。”第二个人来了，加油站的人也问了同样的问题。那人回答：“好极了！”“我们这儿的人也是这样！”小故事折射了一个道理：你对别人怎样，别人就会对你怎样，你尊重了别人，别人才会尊重你。“尊重”的命题很大，覆盖了人生的方方面面各个时期，是功能强大的软件，支持着一个人走向成功与发达。

屠格涅夫曾收到托尔斯泰的信，信中托尔斯泰对他的文章给予肯定，这使得原本灰心丧气的屠格涅夫致力于写作，终成一代巨匠。同样的，曾任北大校长的胡适对平凡学子的来信认真回复，鼓舞他们在学术道路上勇敢向前。托尔斯泰和胡适都是受人敬仰的大师，但他们却能对从未谋面的平凡者给予尊重，用自己的信任肯定他们的价值与能力。这在后来许多的学术大师心中植下了进取的种子。

美国《纽约邮报》刚被报业大亨默多克收购时，公司上下人人自危，小记者艾伦生怕自己被炒了鱿鱼。可这时，艾伦的妻子就要临产，他不知该不该请假去照顾妻子。一天上午，艾伦接到通知，默多克要来给大家开会。默多克站在台上，讲起自己的办报经历和对报纸前景的展望，艾伦看起来听得很认真，其实如坐针毡，只想快点知道妻子的情况。这时，会议室传来急促的电话声，大家齐刷刷地盯着墙角的应急电话。默多克无奈地停下来，示意离话机最近的人去接一下。“医院打来的，说是找艾伦有急事！”那人说完，艾伦紧张地起身，对着台上的默多克解释道：“怕是我妻子要生产了，实在对不起……”默多克微笑着点点头，示意艾伦赶快去接，然后又压低嗓门对其他人说：“既然是他家里的事，我们还是暂时回避吧。”说完便带头往外走。

意想不到的一幕发生了，一百多位同事依次退出了会议室，直到艾伦接完电话才回来。默多克重新站上讲台，对艾伦说：“谢谢你为我创造了更多时间，让我可以把报纸的未来想得更清楚。”他用最简短的话结束了会议，然后走近艾伦说，“现在你可以去照顾你的妻子了。”三十年后，艾伦也当上了报社总编辑。提及往事，默多克说：“优秀的人都善于团结人，而最能征服人心的力量，恰恰是对他人发自内心的尊重。”

作为一个老板，留住员工最好的方法除了加薪以外，就是一视同仁，给予你的员工应有的尊重，这样他们在你的公司里才不会感到压力，才能安心地工作。刘邦不就是因为对韩信傲慢无礼才差点失去这千载难逢的良将吗？相反，刘备三顾茅庐拜诸葛亮为相，换来的是诸葛亮为复兴汉室竭尽毕生之力，留下了“出师未捷身先死”的佳语，而刘备也因能礼贤下士而受到世人的敬仰。

尊重是相互的，无论是富贵还是贫贱，无论是权势官宦还是普通百姓，人人都有被尊重的权利。尊重是相对的，世界上不会有无根之木，也不会有无源之水，强权换不来尊重，只能换来奉承，有钱买不来尊重，只能买来笑脸。尊重不是刻意的，而是自然流露的。尊重是种欣赏，是种赞美，是相互信任的基本条件。

尊重对方，他会以行动来证明自己的价值与尊严；如果蔑视他人，则会使人变得消沉、失望，或是走入仇恨、愤怒的极端。尊重是促进人们认识自我、开拓进取的力量，不尊重则是诱导人沉沦堕落的毒药，它产生的危害不仅影响个人，还可能会波及社会，引发不同群体之间的冲突。尊重不仅仅是促人成功的力量，更是引人向善、积极进取的台阶。

争

◎凌　河

几乎每个人都在微信中强调自己与世无争，可是，一旦有涉具体利益的时候，又总是寸利不让，也许，这就是人性。

庄子在《则阳》篇曾讲到这样一个故事：两个国家，一个叫触氏，一个叫蛮氏，为了争夺土地而战。打得旷日持久，伤亡惨重，血流漂橹、民不聊生。最后庄子告诉我们，这两个国家争的是多大的土地呢？触氏跟蛮氏，一个住在蜗牛的左犄角里，一个住在蜗牛的右犄角里。这难道不可笑吗？

孔子在《论语·卫灵公》中说“君子矜而不争”，意思是君子应该矜持自重而与人无争。而《左传·昭公·昭公十年》中则记录晏婴的话说：“凡有血气，皆有争心。”《淮南子·道应》中也说：“争者，人之所本也。”这里又都强调争的重要。

华佗是东汉末年著名医学家，被后人称为“外科圣手”“外科鼻祖”。据说他小的时候，家境贫寒，幼年丧父，母亲在悲痛之余，让儿子去拜丈夫生前的好友——一位医术精湛、医德高尚的老中医为师。老中医认为行医事关人的生死，他要看看这个孩子的反应能力，再决定是否收他为徒。正巧，院子里有两只公羊正在打架，头顶着头，角顶着角，后腿部使劲地蹬着地面，脖子上的毛都竖起来，就像两个小孩似的，谁也不肯让谁，眼睛都斗红了，怎么也拉不开。老中医就对华佗说：“你想个办法把这两只羊拉开吧！”只见华佗走到一块草地上，采来两把鲜嫩的青草，放在那两只正在打架的羊的两侧，打架的那两只羊早就打饿了，见到鲜嫩的青草，立刻就去抢着吃青草去了，哪还有心思打架呢。

老子的一句“夫唯不争，故天下莫能与之争”的命题实在精彩。一个锱铢必较的人，不可能是一个大气、有信心、有能力、有把握、有格调、有形象的人，而只能是个心胸狭窄、私心太重、一瓶子不满半瓶子晃荡的人。《红楼梦》里有一个赵姨娘，其特点是夫唯必争，故什么也得不到；夫唯皆争，故什么也做不成；夫唯乱争，适成笑柄。

英国诗人兰德写诗无数，但真正在世界上产生重大影响的是这首在他七十五岁时写的诗：

我和谁都不争，
和谁争我都不屑。
我爱大自然，
其次就是艺术。
我双手烤着生命之火取暖。
火萎了，
我也准备走了。

兰德以其诗人的睿智，看透了人世间利益纷争在浩瀚宇宙面前的渺小，完成了他的率真、达观的心境飞跃。他在生命之火旁边取暖，一直坐到八十九岁，才悄然离开。

争，是一切生物进化的动力和理由。而不争，是一个人作为一个个体，在对人性、竞争、生存有了深邃、超然的认识后的一种人生态度。不争，是“争”的升华。

不为的智慧

◎高宗飘逸

宋仁宗时期，范仲淹官职不高，他看不惯当时身为宰相的吕夷简一手遮天的样子，于是想扳倒他。范仲淹费尽心思，绘制《百官图》，揭露吕夷简暗箱操作提拔官员，连夜写奏折，希望皇帝铲除吕夷简。还绝食死谏，争得一批年轻官员的支持，与吕夷简对抗。吕夷简也不示弱，把反对者以各种理由贬出京城。此事越闹越大，而资历、能力、人缘都好于吕夷简的副宰相王曾却坐视不理。范仲淹想把他拉到自己这一边，便登门质问："堂堂副宰相，岂由朝堂之上两党相争？"王曾也不恼怒，不疾不徐地说道："我若出手，将变成大宋两相之争，矛盾必然升级，被卷进来的人会越来越多。到那时，朝堂必会乱成一锅粥，要比现在糟糕百倍。我不参与其中，实则是把事态控制在可控范围之内，于你于他于朝廷可算是帮了最大的忙了！"

王曾的这种不为，实则蕴含了一种大智慧和大统筹，令许多人望其项背，自愧不如。

历史上确有因好心而办成坏事的情况。相传明朝有位大臣，清正廉洁，为民办事，颇有名望。不想七十三岁时却遭奸臣陷害，被流放到荒凉之地。经过肃州时，看着头发花白、身穿布衣、佝偻着身子蹒跚行走的老人，人们纷纷赶来奉上酒肉和银两。老人只是命老家仆收下酒肉，银两却分文不要。有人不解，说道："这是我们的一点心意，你的路途还很遥远，有了这些盘缠，在路上也会少受些罪。再说这里远离京城，不用担心被皇上知道，你就收下吧！"然而，老人态度很坚决，他说："我这不是很好吗？没有银子，无牵无挂，定会安全到达。如果有了银子，反而会惹出许多是非，严重的恐怕还会有生命危险。"人们见此情形，不再和老人争辩，悄悄把银子塞进了老家仆背着的包裹里。没想到上路后，老人突染重病，寄宿在客栈里。当他痛苦地躺在床上呼唤老家仆端水时，家仆和包裹早已不知去向。老人知道，家仆是带着那些银子跑了。

本来老人布衣草履，粗茶淡饭时，有自己的，就会有老家仆的。老家仆离开他将无法生存，也乐得跟在主人身边，照顾他的起居，日子过得很好。可是当老人有了银两之后，老家仆已不需依赖主人而生存了，一旦主人出现状况，他可以毫无顾忌地抛弃这个拖累，揣上白花花的银子逃之夭夭。那些给老人送银子的好人，怎么也不会想到，正是他们的好心，给老人带来了灾难。没过几天，老人竟客死他乡。早知如此，人们绝对不会送银子给他。可谁能预料到，家仆会如此见利忘义？看来为与不为，也要在弄清对方和身边人的人性后才能决定。

顾荣施肉与结草衔环

◎薛　峰

近读《世说新语·德行》中的一个小故事颇让人心动。晋朝名人顾荣在洛阳的时候，一次应邀赴宴，发现送烧烤的人有想吃烤肉的神色，于是就把自己那一份让给他吃。同座的人都笑话顾荣，顾荣说："哪有成天端着烤肉，而不知道它味道的道理呢？"后来遇上永嘉之乱，顾荣去江南避难，每逢遇到危急时刻，总有一个人在身边帮助自己。问那个人为什么这样，原来他就是以前得到顾荣赠送烤肉的那个人。

"滴水之恩，当涌泉相报"，但作为士大夫，顾荣能顾及一个送烤肉的仆人的感受，在那种环境下确是难能可贵的。由此我想到结草衔环的故事。

先说结草。晋国大夫魏武子有个无儿子的爱妾。魏武子晚年病重，对儿子魏颗说："等我死后，将此妾嫁人。"不久魏武子病情加剧，弥留之际改口说："我死之后，一定要让她为我殉葬。"等到魏武子死后，魏颗没有把那爱妾杀死陪葬，而是把她嫁给了别人。魏颗说："人在病危的时候，神志是混乱不清的，我嫁此女，是依据父亲神志清醒时的吩咐。"

公元前594年秋，晋军和秦兵在晋地辅氏交战，晋将魏颗与秦将杜回相遇，二人厮杀在一起，正在难分难解之际，魏颗突然见一老人用草编的绳子套住杜回，使这位堂堂的秦国大力士站立不稳，摔倒在地，当场被魏颗所俘，使得魏颗在这次战役中大败秦师。晋军获胜收兵后，当天夜里，魏颗在梦中见到了那位白天为他结绳绊倒杜回的老人。老人说：“我就是你把她嫁走而没有让她为你父亲陪葬的那女子的父亲。我今天这样做是为了报答你的大恩大德！”

再说衔环。相传东汉时期有一个叫杨宝的小孩，九岁时，在华阴山下玩，看见一只黄雀为鸱枭所伤，坠于树下。杨宝便取雀以归，置巾箱中，食以黄花，百余日黄雀伤愈，毛羽成，乃飞去。其夜有黄衣童子自称西王母使者，以白环四枚与杨宝，声言此环可保恩人世代子子洁白，身居高位。后来，杨宝子、孙、曾孙数代果然显贵。

于是，后人将结草、衔环二典故合成一句，比喻受人恩惠，定当厚报，生死不渝。明朝时冯梦龙在《醒世恒言》中写道：“大恩未报，刻刻于怀。衔环结草，生死不负。”

怀一颗怜悯心，多做一点好事，多关心一下别人，多设身处地为别人着想，多播撒一些善意的种子，有时往往在意想不到的情况下会得到回报，这就是常说的善有善报。

尚小云仗义疏财

◎苑梅华

著名京剧艺术大师尚小云在20世纪40年代后期，为同行仗义疏财，至今令人难忘。

1948年8月的一天，当时最负盛名的花脸演员金少山因病去世。尚小云与金少山曾多次同台演出，可谓珠联璧合，相得益彰，因此深受观众的喜爱和欢迎。听到金少山病逝的噩耗，尚小云忙来到金少山家中，只见金少山的尸体停放在屋中的一扇破门板上；妻子守坐在尸体旁，满脸泪痕和愁云；年幼的孩子蓬头垢面，哭得有气无力。此情此景，尚小云悲从心来，潸然泪下。过了一会儿，只见尚小云慷慨解囊并派人买回棺木、葬衣等，才使金少山入土为安。之后，他拿出五百块钱塞给金少山的妻子说："吃饭要紧，先拿去买米买面吧！"金少山的妻子一下跪倒在他面前，尚小云忙把她扶起来，说，"不要这样，这是我应该做的。以后有什么困难尽管讲。"其实，金少山在患病期间，尚小云就曾救助过他。

1948年春天，由于北平经济萧条，一些戏院纷纷关门，使得演员们无法演出，一时断了生活来源。对此，金少山因愁得病，不久便病情加重，卧床不起。由于手头拮据，无钱治病，金少山只得在家里慢慢等靠着。尚小云得知这一情况，既心疼又着急，忙雇车把金少山送到附近一家医院救治。尚小云不仅为金少山出了五千块钱的住院费，还送给他一千块钱作为生活费。躺在病榻上的金少山感动得泪水直流，并紧紧抓住尚小云的手说："太感谢你了！即使我到了阴间，也不会忘记你对我的大恩大德。"尚小云说："别说这些了，等你治好了病，我还要和你同台演出呢！"虽然那时的金少山已病入膏肓，但由于尚小云的倾力相助，得到了治疗，才使他的生命延续了半年之久。

安葬了金少山后不久，上海的麒麟童周信芳来北平演出受挫，尚小云毅然伸出有力之手，才使其很快摆脱了困境。

1948年10月，京剧表演艺术家周信芳率他的移风社来北平的哈尔飞戏园演出，虽然他博采众长，唱腔酣畅朴真，苍劲浑厚，表演真实生动，念白韵味醇厚，但由于不同地域的观众对艺术各有偏爱，因而观众不多，收入很少。这对周信芳打击很大，一连几日愁眉不展，寝食不安。之前，尚小云与周信芳并无深交，当他去天津演出回到北平的第二天，得知周信芳在演出中遇到困难时，就赶来安慰："你该怎么演就怎么演，一切有我呢！"接着，尚小云拿出在天津演出时的部分收入，当即买下了两场戏票，发放给观众，无偿看周信芳的演出。这在当时的戏班中叫"撒红票"。此举，无论从经济上还是精神上，都给了周信芳有力的支持和帮助，不仅使周信芳很快渡过了难关，还使他的表演得到了广大观众的认可。周信芳再次在这里演出时，场场爆满，收入大增。对此，周信芳紧紧握着尚小云的手说：“你对我这样好，叫我怎么感谢你呢？”尚小云微微一笑说：“有什么可感谢的？谁叫咱们是同行哩！”

自古以来同行是冤家，然而尚小云的所作所为令人赞叹和敬佩，留下一段段佳话。

“上帝”遗忘的冬衣

◎张　松

圣诞前夕，在加拿大哈利法克斯市，街道的建筑物上，挂着棉衣棉裤，上面写着“我不是主人落下的，如果你冷，请你带走我吧”的标签。一些无家可归者可自由提取棉衣，穿上棉衣御寒过冬，感受社会传递的温暖。

史密斯是一个社区志愿者，每年都会献爱心。这天，她整理好一批准备捐赠的冬衣，第一次带着八岁的女儿爱丽丝到街上发放冬衣，顺便给她上一堂“爱的教育”课。

在一条街道上，坐着一个无家可归的流浪汉。史密斯拿出准备好的冬衣，伸手递给了他。流浪汉看了看旁边来来往往的行人，笑着拒绝了。爱丽丝仰着头，说：“妈妈，他穿得很少，一直在抖，他怎么不要我们的衣服呢？”史密斯也很疑惑，敷衍着：“可能他不冷！宝贝，我们再找下一个目标吧！”

好不容易在天桥上找到另外一个流浪汉，爱丽丝当着众人的面将冬衣塞给了流浪汉。流浪汉尴尬地笑了笑，说：“我不需要这些衣物。”说完便离开了。一旁的路人凑了过来，说起了这个流浪汉，他以前很富有，最后被朋友“坑”了，现在流落街头，仍然放不下面子。史密斯恍然大悟，人人都有自尊，流浪汉也不例外。这次帮助人的方法不对，才导致他们拒绝接受帮助，只有另外再想办法。

史密斯将汽车停在人少的路边，把棉衣棉裤放在车上，找了一张白纸，上面写了“如果你觉得冷，请取走吧！”然后，跟爱丽丝躲在一个角落里。很快，有个流浪汉走了过来，看了看上面的字，拿了一件衣服，匆匆地离开了。紧接着，来了一个老人，他也取走了一件衣服，满意地离开了。不到一个小时，车上的衣服被取空。

爱丽丝不解地说：“怎么送给他们不要，要自己来取呢？”史密斯回答：“隔壁的琼斯太太送给你一个漂亮的洋娃娃，你怎么会拒绝？”爱丽丝说：“旁边很多人看着，我不好意思要。不过，他们走了之后，我拿回了那个洋娃娃。”史密斯蹲下，看着爱丽丝的脸说：“他们很想要这些衣服，可是他们也不好意思。我们帮助人的时候，要顾及他们心里的感受。”爱丽丝点了点头。

通过观察，史密斯发现不仅流浪汉需要棉衣，还有贫民窟的贫民也需要冬衣。只不过他们更注重面子，如果当面送给他们，他们肯定会拒绝的，只有在暗地里让他们自己取。眼看到圣诞节了，气温一天比一天低，史密斯决定在“脸谱”上发帖，动用社会的力量募捐棉衣棉裤，让这个困难群体顺利过冬。

经过网友的传播，募捐活动引起了极大的反响，很多网友捐来冬衣。史密斯将爱丽丝和她班上的同学召集起来，把这些冬衣进行分类。在白纸上写上“我不是主人落下的，如果你需要，请带我走吧”“主人嫌弃我，不要我了，带我回家吧！我会给你温暖的”……然后，将这些冬衣挂在街道上，供需要的人取用。

很快，挂出去的冬衣被取光了，接着换了一批冬衣，很快又被取光了。让史密斯欣喜的是，不仅无家可归的流浪汉穿上了棉衣，贫民窟的贫民也穿上了募捐的棉衣。这个寒冷的冬日，有了冬衣，他们不至于那么难熬。

史密斯开始筹备下一年的赠衣活动，也希望通过媒体的宣传，得到更多人的支持。一位得到帮助的贫民说：“经济下滑我不得不节衣缩食，甚至没有购置冬衣的打算。我宁愿冻得瑟瑟发抖，也不要邻居捐献的衣服，在面子和寒冷面前，我选择了前者。好在有‘上帝’遗忘的冬衣，让我顾及了面子，也让我得到了御寒的冬衣。”

最后一道题

◎李克红

研究生毕业前的最后一堂课上，我们的教授对我们说："你们马上就毕业了，这一辈子你们都不会再来听我的课了，我想利用这最后一堂课的机会，临时给你们出一道题，看你们有多少人能回答出来！"

教授让我们每人都准备好一张纸用来写答案，而他将会在黑板上写下他出给我们的最后那道题。我是一个非常用功的学生，在整个课程里，我几乎没有丢掉任何一个知识，所以我非常有信心能回答出教授出的题。我准备好纸和笔，想着教授会出什么题。教授见我们都准备好了，就拿起一支粉笔，转身在黑板上写下了这样一行字——学校图书馆有一个长年短发的女清洁工，她叫什么名字?

我知道那个长年短发的女清洁工，几乎每次去图书馆，我都会见到她，她的个子挺高，脸上经常保持着微笑，她大概五十岁左右，但是……天！我居然不知道她的名字。我努力地搜寻自己的记忆，但是我真的想不出来，我环顾四周，同学们一个个都眉头紧锁，有的还咬着笔发呆。最后，全班只有六个人上交了纸条，而他们写在纸条上的答案其实都是乱猜的，有的人写"海莉”，有的人写“凯蒂”，甚至还有人写下了“迈克”。当教授读到“迈克”的时候，他十分生气，也让我们大笑不已。

教授摇头说：“这不是一个笑话，这是一道很严肃的题，你们马上就要进入你们的职业生涯，你们在未来会遇见很多人，他们每一个人对你们来说都很重要，都值得你们去关注和照顾，请记得询问并记住他们每个人的名字！”

也就是因为最后这道题，我们这才知道了那个女清洁工的名字。当然，是教授告诉我们的，他这样对我们说：“我是在来这里任职的第一天去图书馆借书时看到她的，当时我微笑着对正在拖地的她说了一句‘你好，你辛苦了，请问你叫什么名字’，她也向我问好，并告诉我她叫卡萝西·菲比。”

爱心如同韭菜

◎余显斌

娘打来电话，问他现在在哪儿。

他轻声说："在医院。"

娘说："知道，听你爹说的。"娘接着哽咽着说，"儿啊，你怎么能那样，怎么能捐献骨……髓啊？"显然，娘不理解什么是骨髓，说到这儿，明显地顿了一下。

他忙说："娘，没啥。"

娘威胁说："你不听娘的，娘就死去。"

他急了，忙告诉娘，自己不是捐献骨髓，爹听错了，自己是想找人给自己捐献骨髓，自己有病。

娘一听更急了，问清了他所在的医院，和爹当天就打了车，匆匆赶去，在医院看见了他。他坐在病床上，护士在给他量着血压。娘一见吓了一跳，问道："儿呀，你怎么啦？"

他说："白血病。"

娘不懂什么是白血病，望着他。

他告诉娘，患白血病很难治的。看娘身子一颤，他忙说，不过，有骨髓配型成功的人愿捐骨髓，自己就有救了。

娘忙说："配啊，砸锅卖铁也配啊。"

他叹口气，说：“哪有那么容易的？两万多人中才有一对配型成功的。”

娘坐在那儿，眼睛直了。

他忙摇着手道：“不过，自己很幸运，和一个女孩配型成功。”

娘眼睛一亮：“真的？”

他再次垂下头，告诉娘，可是对方不愿捐献骨髓。娘一脸灰白，许久，点点头道：“是啊，身上的东西，哪一件不是跟眼睛鼻子一样，哪有多余的啊？多余的也不会长啊，谁又愿捐啊？”

爹在旁边嘀咕一声：“听说，捐骨髓没事的啊！”

他沮丧地摇摇头，告诉他们，那个女孩就是不愿捐。

娘试探着问：“真没事吗？”

他说：“可能是吧，不过，这得问问医生。”

正说着，一个医生从旁边匆匆经过，娘忙一把拉住，如抓住救命稻草一般，可怜巴巴地问：“医生，捐献骨髓对捐献的人有伤害吗？”医生望望娘摇了摇头。看娘有些不懂，医生打比方说：“骨髓就像韭菜，捐了又会长出来的。”农村里，韭菜不少，剪后生得更快更肥更多。娘懂了，娘脸上的灰白颜色没了，她想了想，仍拉着医生的手不放——娘有一个请求，希望医生能帮自己给那个女孩说说。

医生一笑，点头答应了。

四人去了另一间病房，见到了那个女孩。

娘走过去，一把拉住女孩的手。娘说：“娃啊，大婶求你了。”

娘指着他说："我就这一个儿，请你救救他啊。"

见女孩不说话，娘猛地想起什么似的，指着医生说："医生说了，对你没损害。如果有损害，这个要求大婶也说不出口啊。"

女孩雪白的脸上流下两行泪，望望她，仍没有说话。

娘急了，说："娃啊，大婶跪下了。"

娘说着，准备跪下来。女孩忙一把拉住，流着泪说："大婶，我才是病人，这位大哥是捐献者啊。"说着，女孩指指他，对娘说，"求大婶了，救救我。"

娘站在那儿，愣住了。

不过，娘马上就明白了怎么回事。

娘拉住女孩的手，打量着女孩毫无血色的脸，许久许久，眼眶红了，对他说："去吧，娘不拦你。"

娘说："出来了，娘煮鸡蛋给你补补身子。"

他"哎"了一声，笑着望了医生和女孩一眼，忙向手术室走去。他知道，他的方法成功了，善良的娘，一旦知道捐献骨髓是怎么回事，一定不会拦他的。

他猜对了。

六个小时后，他捐献了骨髓，走了出来。

爹娘迎上来，仔细打量着他，见他没事，爹一笑，得意地道："小子，你答应了爹的，我劝你娘来，你回去可得陪爹喝几盅的。"

他一笑，手指一弹，嗒地一响。

娘这才知道，自己被骗来，是他和老头子商量好的，回头瞪了老伴一眼道："啥出息？几盅酒，就让儿子收买了。"说完，拍着他的手笑笑，得意地道，"我儿捐了骨髓，救了一条人命，救了一个家，娘受一回骗，值啊！"

他望着爹娘笑了。

他想，有时，爱心也像韭菜，付出越多，播撒越快越广，不但能传及家人，甚至能传及世界，让每一个人心中都一片碧绿一片阳光。

避世与忍世

◎程应峰

所谓避世，是指离世隐居，避免和外界接触的一种生存方式；忍世则不同，它是忍辱负重，规避锋芒，顽强地在尘世之间生活的一种行为。

避世，是因为看不惯或害怕外在的纷争，承受不了生存的压力，没有安全感，忍无可忍，便选择了距离，选择了放下，选择了离开，退隐于平淡却平静的生活，以此“对抗”生活的苦难。在中国古代，避世极为盛行：一如陶潜“采菊东篱下，悠然见南山”，李白“人生在世不称意，明朝散发弄扁舟”，张时彻“逍遥堪避世，从此觅丹梯”。

可以说，避世是消极处世的一种体现。陶潜少时有“济天下苍生”之雄心壮志，然东晋王朝极端腐朽，以致陶潜空有一腔热血，报国无门。只得在东晋义熙元年（405年）坚决辞去上任仅八十一天的彭泽县令一职，长期隐居田园。因为果断弃官退隐，才拥有了万世流芳的文字。鲁迅因此说：“陶潜正因为并非浑身是静穆，所以他伟大。”

有关避世，林语堂在《中国人》一书中也说到过：中国人消极避世的习惯有如英国人出门带雨伞，因为政治气候对那些试图单独做点冒险事业的人来说，总是不大正常的。换句话说，消极避世在中国有明显的“活命价值”。在旧时代，人们在失去自由平等权利，遭受各方要挟的情况下，要想好好生存下去，消极避世便成了最好的途径，最佳的选择。

《史记·滑稽列传》载有一则“避世金马门”的故事。金马门是汉朝官署的大门，门旁有一对铜马。汉武帝时，东方朔任这一官署的郎官，经常在汉武帝身边侍候。由于他见闻广博，又能说会道，而且言语诙谐，汉武帝每次与他谈话，都十分愉快。汉武帝很喜欢他，认为其他几个郎官都不如他，常赐他与自己一同进膳。吃完了饭，东方朔会把桌上剩下的肉食藏在怀里带走，常弄得衣服上油迹斑斑。此外，汉武帝还常常赐他锦帛。每次接受赏赐，东方朔都双手高举过头走出宫去。而这些赏赐之物他也不派别的用场，专门用来娶长安城里美貌的女子为妻。可这些女子没一个能与他过得长久，东方朔总是过了一年，就将之抛弃，另外再娶。他的钱财全部花在这些女子身上，全不当回事。

因行为怪诞，汉武帝身边的郎官们都叫他“狂人”。在一次宴会上，东方朔一边喝酒，一边手舞足蹈。有人对他说：“你为什么总是与别人不一样呢？怪不得大家叫你狂人。”东方朔说：“古人避世隐居，是住在深山旷野里的，所谓‘小隐隐于野’。而‘大隐隐于朝’说的就是我这样的人。”说着，东方朔放下酒杯，弯下腰，将手按在地上，唱道：“沉沦在俗世啊，避世金马门，既然在宫殿中可以避世保全自己，何必到深山中去住草房啊！”

更多的是忍世。忍世，并不是一味地退让，而是伺机而发。古今成大事者，没有哪一个不是在特定时期受尽屈辱，隐而不发的。他们深深懂得：忍，不是窝囊的体现，而是一种策略，一种蓄势待发的方法。围棋战术中，有个棋局叫珍珑棋局，白方杀死自己一片棋子，故意舍弃很多棋，黑方还以为白方糊涂。到最后，真相大白，白方非但没输，反倒拥有了海阔天空的回旋之地。

周成王告诫君陈时说：“必有忍，其乃有济；有容，德乃大。”意思是必须有忍耐之心，才能办成事情；有宽容之心，道德才能高尚。孔子告诫子路时也说，喜好争斗必定要受到损伤，一味逞勇一定会导致灭亡。做各种事情的根本态度是：忍让是最好的。

说到忍，不得不说说这样一则故事：唐朝武则天时的宰相娄师德，待人宽厚有度量。在他的弟弟升任代州刺史准备出发上任时，娄师德对他说：“我不才却担任宰相，而你现在又任刺史，我们都受了国家过多的恩宠，将招人妒忌，你要怎么做才能保全先人的名声？”他的弟弟跪在地上说：“从现在开始，即使有人把唾液吐在我的脸上，我也不说什么，自己把唾液擦干就是了，以免兄长替我担忧。”娄师德却说：“这正是我所忧虑的。别人吐你唾液，就表示他对你生气了。你把唾液擦掉了，表示你厌恶别人的唾液，是抗拒别人的愤怒。所以不要擦，让它自己干，你何不也笑着承受呢？”这就是“唾面自干”的由来，比喻待人忍让、有容人之量。

无独有偶，李宗谔的父亲李昉是宋太宗时的宰相。李宗谔在父亲执政时，为了避嫌疑，远离权势，常常车马俭朴，与贫寒的官员没有什么区别。一天，李宗谔在路上遇见父亲的官轿，李昉马前的官员不知道他是本家公子，就严厉呵斥他并侮辱了他。此后，李宗谔每见到这个人，就自己躲了起来，以免让他知道自己的真实身份而感到惭愧。这是成语“呵辱自隐”的出处。正是因为有着如此善良、大忍之心，李宗谔终于成为一代英杰。

“忍一时海阔天空，让三分风轻云淡”，有所忍才能有所成。当然，忍世之人，有自己的原则，有自己的底线，知道什么该忍，什么不该忍，忍到哪一步方有个了结，绝不会无原则地逍遥、自在、闲适、散淡，更不会长时间隔着玻璃看天下，抱着世俗沐阳光。

小　葱

◎董改正

每个菜摊子上几乎都有小葱。小葱一般不是卖的，而是用来送的。老顾客来买菜，买萝卜买土豆买白菜，多少不拘，临了问一声：“给您点葱？”也不等回答，就扯了一撮，掖到袋子里递过来。面目不熟悉的生客，买的不多不少，摊主也会问：“要点葱不？”那人顿一下，笑笑地说：“谢啦，您给点吧，我下面条。”若是遇到吝啬的买主，买二两小白菜下面条，还让饶上一把葱，摊主就说今天没有。那人眼尖着呢，指着缝隙里，说：“那不是？”摊主或是摇头苦笑，扯几根给他，或是恼了，说：“没有就没有！”

小葱实在不算个事。山东人离了大葱难受，可是没听说哪里人离不了小葱的，小葱就像它在菜摊上的地位，有也可，没有也凑合。除了搞种植的，家里种菜，没见整条地畦栽葱的，它往往种在地畦的两边，就像篱笆一样。小葱是作料，是配角。做豆腐羹，没豆腐不行，少点小葱只是有点遗憾；做红烧鲫鱼，快起锅时，在酱红的鱼身上撒点葱末，添香增色不少，但没有也行。小葱单个儿成不了菜。

但是，你若是个追求完美的人，少了这么点事儿总觉得没挠到痒处，比如说麻婆豆腐吧，没有那点细细的绿葱段，没有那么点浓浓葱香，再多麻油辣子也还遗憾，少了点什么呀！所以不能小看配角，配角有时候就是画龙后的点睛，就像一条长裙配的一根腰带，随意那么一扎，曲线就出来了。

小葱若是比之于人的生活，那就是一个人的爱好。工作、事业、家庭等，那是主料，是米饭，是土豆萝卜；爱好是配料，是点心，是小吃，是小葱。它们相互佐味，把一个人的主业和业余配搭出不同的滋味来。一个人若只有主业，没有爱好，那么他的层面就太单一了，也就单调了，缺乏色彩和各种滋味的人生是乏味的，很容易异化。若是在业余有爱好，比如说读书、写作、音乐、摄影之类，那么他就拥有了丰富性，就能调剂主业带来的负面情绪，还能给主业以灵感。有爱好的人更容易快乐。有人说，如果爱好成了主业，那怎么说？那得恭喜您成功地做了一道土豆炒土豆。

要承认不是所有的菜都能成为主料，都能在菜摊上论斤论两，如果你不是或者没有成为主料，那么也可以做一味出色的配料，比如说小葱。把配料做好了，也是成功的，不是很多明星都做过路人甲吗？退一步说，奥斯卡都还设了最佳配角奖呢，这是对“小葱”的致敬。门罗的短篇、汪曾祺的散文，对于文学世界来说，也是小葱的角色，可是因为有味道，一样获得了该有的位置。各种秀场的主料有足球明星、歌星、影星等，但若是没有观众，那就该歇菜了。没有小葱的结果很可怕，所以你不要怕人问你：“你算哪根葱？”

没有小葱的菜摊子会怎样？这我见过。一次某摊主吃饭，他的女儿看摊，一个熟客没买他的菜，却拎着一条鱼，向他讨几根葱。他女儿很不高兴，就说没有，那人瞥了一眼，笑笑，到隔壁摊上要了一把，以后就再也没到他家来过。菜是几乎天天要买的，这么一算，小葱的附加值高得惊人。

开口慢半拍

◎马亚伟

在网上看到一个有意思的段子：某人捡了一部苹果手机，正愁如何还给失主，电话响了。他接了电话还没等开口，失主就在电话那头说："你最好把电话还给我，我手机有卫星定位，我已经知道你在哪儿了！"那人一听火暴脾气就上来了，买了十几个氢气球绑手机上，一撒手，爱飘哪儿就飘哪儿，你卫星定位去吧……

哈哈大笑之后，不由想到，生活中类似的事还真不少。本来你有一番好意，别人却用他的思维方式来揣测你，根本无视你的心意，把整件事的性质弄糟了。

记得那次我坐公交车，正好坐在车门边的座位上。车到站后，上来一位步履蹒跚的老太太。我当时正在打电话，见到老太太后就匆匆结束通话。我正准备给老太太让座，没想到她倒先开口了："你给让个座吧，我的腿不好，每次坐公交车时都有人主动让座给我。"我当时那个尴尬啊，觉得自己还没来得及付出的爱心被人忽视了，不由得脸上发烧。我无奈地让出座位，老太太心安理得地坐了下来，周围的人用异样的眼光看着我。本来，只要老太太开口前慢半拍，我就会主动让座给她。而她索要座位，让大家觉得我没有尊老之心，又让人觉得她太过霸道。本来可以皆大欢喜的事，却被弄得异常尴尬。再后来，我坐公交车看到老人心里都有些疙疙瘩瘩的。

还有那次在单位，休息时间我要拿水杯接水。旁边的小李还在忙工作，已经两个小时都没顾上喝一口水了。我刚要去拿她的茶杯帮她也接一杯，她却说："拜托，看在我做的工作比你多一倍的份儿上，帮我也接一杯！"我和小李是搭档，工作中需要合作，有时我做得多点有时她做得多点。她这样一说，我很是不快，本来搭档之间互相帮助和关心，可以增进感情，多温暖。可是她却把整件事弄得冷冰冰的，好像彼此之间要明算账，做什么都是在进行交易一样。其实，只要小李开口前慢半拍，我就会说："我给你也倒杯水，今天你是有功之臣，辛苦啦！"气氛融洽，多好啊，可她偏偏用自己的思维方式看我。后来，我很难跟她走得很近。

类似的错误，我也犯过。学生在小礼堂参加完活动，我看到地上有垃圾，立即气呼呼地说："我说过多少次，咱们应该有公德心，讲文明，乱丢垃圾还不算，活动结束后还不懂收拾一下啊？"班长说："老师，首先这些垃圾不是咱们班丢的，并且我已经让两个同学去教室拿工具准备清扫了。老师，这件事你不说，我们也知道该怎样做，你说了倒显得我们很被动，大家的积极性都没了。"他的话很有道理，如果我开口慢半拍，就会看到我的学生已经行动起来了，我还会赞赏他们。可现在一件好事，变成了尴尬事。

我想，很多时候，大家开口前真的需要慢半拍。我们之所以会误解别人，无视别人的好意，主要原因是自己内心有个“小人”，“以小人之心度君子之腹”，所以才会把事情弄拧了。其实人性的善与恶本在一念之间，你以小人之心去理解别人，别人可能会还之“小人之心”。如果你肯开口慢半拍，等待对方的“君子之行”展现出来，彼此人性的美好就会完美呈现。

不给善良增加负担

◎郝金红

英国作家乔伊斯年轻时迫于生计，曾经开过一段时间的餐馆。

餐馆开业后不久，乔伊斯发现，这条街上的垃圾清扫工比他的生活还要困难。很多清扫工都是失业工人，为了养家糊口，不得不起早歇晚地在街上干着既肮脏又累人的活儿，他们中有许多人忙得连饭都顾不上吃。

乔伊斯很是同情这些工人，于是他在餐馆门口贴出一份告示：凡是这条街上的清扫工，每天可到店中免费享用一份早餐。告示贴出后，的确有很多清扫工来乔伊斯的餐馆享受免费早餐。但乔伊斯感觉到并不是所有的清扫工都愿意来接受这份馈赠，有免费的早餐，为什么不心安理得地享用呢？乔伊斯决定弄个明白。

这天早上，乔伊斯乔装打扮了一番，确定没人会认出他。他来到大街上，找到一个陌生的清扫工，问他："乔伊斯的餐馆派发免费早餐，你去领过吗？"清扫工看了看乔伊斯，然后摇摇头："不但我没去过，我所认识的几个同事，也没去过。"乔伊斯继续问道："是因为你们工作的地点离餐馆太远吗？"清扫工还是摇摇头："不是。""为什么不去呢？"清扫工放下手中的工具，平静地回答："我们算了一笔账，这条街道上至少有二十名清扫工，如果每人每天都去餐馆吃免费早餐，一年下来就是一笔不小的数目。乔伊斯开这家餐馆也不容易，如果我们都去了，他的餐馆就会因此而亏损甚至倒闭，我们是不想给他的善良增加负担。"

凡是被善良的光芒温暖过的地方，总会有善良的回馈。即使一名清扫工，也懂得不去领那份免费的早餐，以免给善良增加负担。如果在人际交往中，再多一些这种对善良的理解与包容，我们周遭的世界会变得更加澄澈和纯真。

维护他们的尊严

◎牧徐徐

“日出”是美国最大的老年生活辅助护理公司，经营了多家老年公寓和疗养所。公司允许老人们在公寓和疗养所里从事诸如饲养宠物等个人行为。从开业的那天起，创办者特里·克拉森和保罗就将“日出”的服务原则定为：老人们永远是对的，任何情况下的劝说，都要“维护他们的尊严”，尊重老人。

一天刚下班时，一个员工找到了特里，称有住户赖在公寓的酒吧里不走，怎么劝说都不行。于是特里赶了过去，然后他看到了自己最熟悉的一名住户。此人退休前曾是常青藤大学里的知名教授，获得过诺贝尔奖，虽然现在是阿尔茨海默症早期，但举止依然很有风度。

特里看到教授穿着考究，装扮得体，里面的衬衫熨烫得非常平整，胸前打着完美的温莎棕色领带。他已经在酒吧里待了很长时间，也没完没了喝了不少酒，负责照看护理他的日出陪护人员，已多次劝说他回到自己的房间里去，以免他继续喝酒伤害到身体，可是他就是不愿意，越劝他越坚持不回去。

在了解情况后，特里想了想，然后对教授说：“我有一件事需要您的帮忙，今晚我有一个非常重要的约会，但我不知道该穿什么才能给对方留下深刻的印象，您可以去我的房间帮我搭配一下衣服吗？”教授听后马上变得骄傲自信起来，他非常开心地跟特里走了。

之后，这位教授开始认真地帮特里搭配衣服，整个过程花了一个多小时，然后愉快地答应了回到自己的房间里去。

日出公司还遇到过一件非常棘手的事，他们的疗养院里有一个患有幻想症的女人，叫玛利亚。她总喜欢跑到白宫附近的拉法叶公园里溜达，往往一待就是一整天，连中午饭都不愿意吃。她觉得自己有一天会成为总统夫人，所以不愿意错过任何一次能够接触到总统的机会。

保罗得知此事后，想到了一个既尊重且又能说服她的办法。一天，他带着玛利亚来到白宫警卫室，警卫认得玛利亚，想跟她打招呼，但保罗却偷偷朝他做了不要说话的暗示。

然后他对警卫说，这是总统夫人！警卫愣了一会儿，但随即反应了过来，连忙向玛利亚敬礼。

“总统夫人准备和我共进午餐，能否给我纸笔，夫人需要给总统留个纸条，好让他放心。”保罗朝警卫挤了挤眼。

警卫会意，立即取来了笔和纸，玛利亚当即给“总统丈夫”写了留言，然后高兴地跟着保罗回到了疗养院。之后，在疗养院请来的高级心理治疗师的帮助下，玛利亚渐渐治好了幻想症，不再去白宫了。

在三十六年的发展历程中，类似的故事在日出公司有很多很多，如今，日出公司已经有四万多名员工，在全球四个国家，为超过十万老人提供了五百处居住的公寓和疗养社区。在特里和保罗看来，公司的成功秘诀就是懂得如何去维护老人们的尊严。

“维护他人尊严，需要花费时间、精力和智慧，在这方面投入的每分每秒都是值得的。”

糊涂　明白

◎程应峰

“水至清则无鱼，人至察则无徒”，说的是一个人如果过分较真，则难免会碰钉子，为周围所不容。凡事糊涂些，圆通些，自然会赢得一个和谐共处的人际环境。

事实上，大凡有所建树者，都有一股糊涂劲。众所周知的郑板桥就以“难得糊涂”著称于世，但他的“糊涂”并非是实实在在的糊涂，只是为着处事的需要，“揣着明白装糊涂”而已。

“揣着明白装糊涂”，意味着“容忍、退让、放下”，这种“糊涂”是一种豁达，一种洒脱，所进入的是融通圆熟之境。李白有诗云：“大贤虎变愚不测，当年颇似寻常人。”意思是某些时候，人要有猛虎伏林、蛟龙沉潭那样的伸屈变化之胸襟，让人难以预测，而自己则可身在其中从容处事。这里凸显的，是一个人在某些特定情景中，不争宠、不吃醋，“揣着明白装糊涂”的大智慧。“揣着明白装糊涂”是宽厚待人的一种方式，也是修身养性的绝妙选择。一个受人尊敬的人，可以没有过人之处，但一定要有一颗宽厚容纳之心。

春秋时，楚王宴群臣，歌舞美酒，饮至黄昏，兴犹未尽。楚王命点烛夜宴，还特别叫最宠爱的两位美人许姬和麦姬，轮流向各人敬酒。忽然一阵风来，吹熄了所有蜡烛，黑暗中，一位官员趁机摸了许姬的玉手，许姬一甩手，扯断了他的帽带，匆匆回座附耳对楚王说："刚才有人乘机调戏我，我扯断了他的帽带，赶快叫人点烛，看看谁没有帽带。"楚王听了，忙命不要点烛，并大声说："寡人今宵意与诸位同醉，来，大家都把帽子除下来痛饮。"在各位官员遵嘱除掉帽子后，楚王才命人点烛，如此一来，自然看不出谁的帽带断了。

席散回宫，许姬怪楚王不给她出气，楚王笑着说："酒后狂态，乃人之常情，若要追究，岂不是大煞风景？"

后来楚王伐郑，有一健将独率数百人，为三军开路，过关斩将，直逼郑国首都，楚军因此声威大震，这位将军就是当年摸了许姬玉手，却被楚王"糊涂"放过的那个人。

人生在世，不可能没有争斗，但遇到争斗时"揣着明白装糊涂"，对人礼让三分，也许会活得更盎然、更自在。活得太明白了，容易陷入痛苦的桎梏，就算有所造就，又有什么人生快乐可言？

也有"揣着糊涂装明白"的，"揣着糊涂装明白"自然是真不明白。之所以"装明白"，也许是迫于无奈而草率应对的一种人生方式。

我就认识这么一位年轻人，入职前，他得到了来自各方很好的评价，其中有一点评价就是：听话。他上班的第一天，领导找他谈话，他边听边点头；参加单位的会议，领导在上面讲话，他边做笔记边点头。

有一天，我私下问他，领导方言那么重，他每次讲了些什么，你都听明白了吗？他说，是有些听不明白。我说，那我每次看你点着头呢！他一笑：习惯了，就算不明白，也要力图给领导一个好印象呀。看来，他是揣着糊涂装明白，怪不得他入职前就得到了“听话”这样的评价。

后来，领导给他布置工作，他点头。时隔很久，领导问起来，完成得怎样？他点头。真到了需要他交差的时候，他还真的不明白是咋回事。如此一来，他自然而然被领导狠狠数落。

不加回复的生活，一味揣着糊涂装明白，不懂装懂，是容易误事的。所以，诸如此类的“听话”实属不宜提倡，否则一不经心，会造成无法挽回的局面，教人生陷入困境。

相对于“揣着糊涂装明白”而言，“揣着明白装糊涂”更具有值得咀嚼且不可小觑的现实意义。

第四部分

仁爱比聪明更重要

仁爱比聪明更重要

◎周　礼

本杰明·富兰克林是美国著名的政治家、物理学家。在政治上，他左右逢源，游刃有余，参与了多项重要文件的草拟；在科学上，他认真严谨，发明了避雷针和双焦点眼镜；在外交方面，他老练沉稳，成功地说服法国站到美国这一边。然而，年轻的时候，本杰明却不是一个受人欢迎的人，被许多人称为“讨厌的家伙”。

其实本杰明没有什么大的毛病，就是说话比较直，喜欢与人争辩，处处表现得比别人高明。比如，当他看见别人吸烟，他就会说，你最好戒掉它，吸烟的人不会有好下场的。随后，他还会列举大量的事实，印证自己的观点并无半点虚假，仿佛这人不戒烟，明天就会去见上帝似的。当他看见别人穿了一件不太得体的衣服时，他立马告诉人家，你这样搭配不对，显得很老、很土，应该如何如何搭配才对。当他看见别人炫耀刚买的新鞋时，他立刻指出，你的鞋子买贵了，我在另一家商店看见过一双一模一样的，比你这双便宜一半。本来这个人希望得到大家羡慕和赞许的目光，谁知本杰明的一句话一下子就让空气凝固了。不仅如此，无论别人说什么，他都能提出不同的意见，可以说，只要与他聊天，气氛就会变得特别紧张，特别压抑。因此，大家都不喜欢他，都不愿与他待在一起。

有一次，本杰明的一位朋友忍无可忍，严肃地告诫他说：“你别以为自己聪明，就可以打击每一个与你意见相左的人，你的意见太珍贵了，没有人能够承受得起，你知道的东西太多了，没有人能教给你更多的东西，只要有你在场，没有人会觉得愉快，如果再这样下去，你终有一天会失去所有的朋友。”

朋友的话让本杰明大吃一惊，他从未意识到自己竟给别人带来了这么大的伤害。从那以后，他一改自己傲慢、狂野、好辩的性格，并给自己立下一条规矩，不在任何场合表现得比别人聪明。当别人的意见与他不同时，他常常说，也许你说得很在理，不过，我有另外一种想法，或许并不一定正确，但我想把它说出来，如果我弄错了，我很乐意你们帮我改正。当他想要表述自己的观点时，他常常说，“我想”“我认为”“我觉得”，很少再使用那些武断性的词汇。当别人出现失误或过错时，他不再立即指出或当面驳斥，而是采用一种比较委婉的方式告诉对方，或是想办法为对方掩盖某些无伤大雅的真相。你别说，他的这些改变，很快就收到了意想不到的效果，人们不再讨厌他、排斥他，即便他有什么过错，别人还是一如既往地理解他、支持他。

此时，本杰明才深刻地认识到，有时候，聪明未必是一件好事，糊涂也未必是一件坏事，仁爱往往比聪明更重要，也更难做到。那些自以为是的人，通常并不高明，真正的智者不是如何表现自己，而是如何包容别人，如何让别人感到来自你的温暖。

因情绪失控而被毁的竞选

◎陈　洁

20世纪60年代早期，美国中西部的密苏里州曾发生过一场关于该州议会议员的竞选。一位叫汤普森的人曾经做过大学校长，又极有才华，资历很高，本来是最有希望赢得选举的人。然而，因为他没有把握好竞选情绪，最后顺风顺水的选举毁于一旦。

被毁的竞选源于一个谎言。三年前，汤普森在该州首府的一次教育大会中，跟一位年轻女教师有严重暧昧行为。谣传那个女教师是汤普森的情妇。

汤普森得知这件事后大怒，认为这纯属无稽之谈。他觉得这一定是对手威廉姆斯故意散播的。他将这样的诽谤记在了心里，并且耿耿于怀。在随后的一场竞选演说中，他甚至当着威廉姆斯的面，开口为自己辩驳。辩驳没有带来任何益处，相反，谣言却愈演愈烈，开始有不少人相信那件事是真的。

为了替自己进行辩解，汤普森在公开的辩论会上当场失控，朝对他人品提出质疑的威廉姆斯质问道："你去过那次教育大会吗？还是说你认识那个与我有暧昧关系的女老师？"

其实，事情发生在三年前，已经过去太久了，没人还记得那些细节。可是汤普森因为这样一件小事而怒气攻心，竟然不顾智囊团的反复劝诫，为了澄清自己，总拿来说事。说得久了，事情没被澄清，民众的质疑和指责却铺天盖地而来。

悲哀的是，因为汤普森的反复强调，人们开始对谣言信以为真，连他的太太也开始相信谣言。

由于汤普森并不知道收敛，于是，在选举中他最终败北。他的太太则因为此事与他离了婚，从此汤普森一蹶不振。

多年后，参与当年选举的一位威廉姆斯的支持者告诉汤普森，一切都是威廉姆斯的阴谋。当年汤普森在开始的选举中的确处于绝对优势，威廉姆斯对自己进行广告宣传，发表竞选演说，拉选票，想尽了各种办法，但都无济于事。而他经过详细的调查发现了汤普森一个致命弱点，那就是脾气暴躁。于是，威廉姆斯私下派人对汤普森进行造谣中伤。汤普森得知事情所有真相后，悔不当初。

在人际交往中，情绪的调节和控制至关重要，汤普森在选举中如能调节好自己的情绪，不失去理智，就不会让对手有机可乘，从而赢得竞选。生活中，学会如何控制情绪，就可以让许多糟糕的事情免于发生。

不 欺 心

◎蒋骁飞

1938年秋，陶行知在重庆凤凰山古圣寺创办了一所育才学校，收容抗战烽火中的难童。为了不受国民党控制，陶行知不要政府经费，而是组织全校师生四处募捐。他规定，募捐所得涓滴归公。为了方便区分公款与自己的私款，他的上衣里缝有两个大口袋，一个装公款，一个装私款。有一天，他到很远的地方去募捐，收获颇丰。等到天快黑了，他准备购买车票回学校时，一摸私款口袋，才发现里面空空如也。此时的他早已饥肠辘辘、疲惫不堪，而这里离古圣寺尚有十几里之遥。虽然那个装公款的口袋鼓鼓囊囊，但他却一分也不肯动用，硬是拖着疲惫的身体，走着回去，一直到皓月中天才回到学校。

其实当时，陶行知在独自一人的情况下，用上点公款，又有谁会知晓呢？然而，他却始终没有做“不可对人言”之事。或许在众目睽睽之下，很多人会没有贪念，或者至少会抑制贪念；但是在无人知晓的情况下，能做到不欺心才是最难能可贵的。

明朝人俞绘做秀才时，考中了乡试，中了举人，取得了入京会试的资格。俞绘家中贫困，勉强赴京，路过沛县时，当地的他的同乡冯县令，同情他的境遇，借给他十两银子。俞绘考试落第后，以举人的资格，任职翕县训导。此后，俞绘找到冯家，不料冯县令已经去世了，他就把十两银子拿给了冯县令的儿子冯钰，冯钰没有看到借据，拒不接受。俞绘说："冯县令借我钱，没要借据，是信任我的缘故。如果我不能偿债还钱，不仅辜负了你父亲的好意，而且违背了自己的良心啊。你拒不接受，这叫我如何心安？"谁知冯钰针锋相对："让我接受一笔来历不明的钱，你这不是反叫我心有不安啊！"两人为此相持不下。后来，俞绘专门写了篇文章，在冯县令的墓前陈述此事。他态度坚决，一定要还钱，冯钰拗不过他，只好收下了钱，此后将钱捐给了寄居寺庙的穷人。

俞绘、冯钰的赤诚磊落，实在令人敬佩、感动，这不仅仅是坦率和诚实，更需高度自律、时时慎独。人生在世，如果不欺心，就不会欺人，不会欺世，就会活得坦坦荡荡、轻轻松松，就能问心无愧地自立于天地之间。

2004年9月22日，在奥运会男子乒乓球争夺铜牌的比赛中，有一个细节非常耐人寻味：王励勤进攻，瓦尔德内尔快速回了一个擦边球。也许是被双方精彩对攻所吸引而分了神，看花了眼的裁判误判老瓦得分。但是，处于下风的老瓦，却对裁判的这个"暗帮"没有庆幸更没有接纳——因为他自己看得清楚，球擦碰的是台面下端的边沿。他毫不迟疑也是不容置疑地竖起食指，示意裁判改判：这个球应为王励勤得分！王励勤因而得分。赛后，有记者问老瓦为何主动丢分，老瓦笑道："靠自己的实力赢分才有意义，才会让我心安理得。否则，赢了比分却让我输了人心！”

廉士不妄取，义士不欺心。瓦尔德内尔“主动失分”，不仅仅是对规则的尊重，对公平公正的坚守，更是对心灵境界的自我提升和完善。做事不欺心，才能保持内心的安宁和生命的清澈、高远，这样活着本身就是一种解脱、一种愉悦。做事不欺心的人，更容易保有欣赏世界的好心情，更容易品出生活的好滋味。

花开屋外，福藏心中

◎若　蝶

有一年冬天，因生活中的各种不顺，我去外省的一个女友处小住了一段时间。

临近年关，女友带我去山上采风，下山时顺道看望了一位老人。冬日的村庄，寂静安详，透出几分荒凉。女友带我走近一户农家，几间老旧的土坯房静静地卧在北风中，老房的四周围着篱笆院墙。

推开半掩的斑驳的木门，扑进眼帘的是一地的红，像一片片玫瑰花瓣撒落在院中，仔细看是一幅幅写着“福”字的春联。

院当中一位穿着藏青色旧棉袍、戴着风雪帽、满脸堆起沟壑的老人，正手握毛笔，在院中的一张木桌上书写春联。

每写好一张，就有一个五六岁穿着红花棉袄的小女孩，接过去铺在地上。灰白的泥土地面上，铺满了一张张红纸，像一朵朵盛开的梅花。一个个大写的“福”字横七竖八地散落在院中。

来的路上，女友告诉我，这户人家只剩下祖孙两人，老人唯一的儿子，五年前不幸因病去世，不久儿媳妇离开了家，从此再无音讯。一老一小朝夕相伴，冷暖相依。女友在民政部门工作，逢年过节会给老人送来慰问品。

老人见到我们，忙放下手中的笔，搬出一条长凳，用袖子抹了一把浮灰，招呼我们坐下。

我低头看着一地的红纸，老人的字写得不算好，但每个“福”字都匀称周正，力透纸背。满地的红，像一团团燃烧的火苗，炸开在灰土地上。满脸喜气的小女孩，像欢快的音符，在火苗上不停地跳动着。

陋室破衣，命运多舛，福在哪里？

忽而一阵风过，一缕幽香挟裹而来。啊，是蜡梅的香气，我循着花香寻找到东院篱墙边的一树梅花，朵朵鹅黄色的花蕾俏立枝头，像一粒粒米黄的珍珠串在枝干上。我环顾了一下小院，发现小院的四周都种着花草，有芍药、月季、一串红、大丽菊……都是些普通的花草，但春有红月季，夏有美人蕉，秋有菊冬有梅，祖孙二人的生活里，一年四季都有花香缭绕。

“大爷，写这么多福字干什么用呀？”女友问。

“送给乡亲们的，每年我都给每户人家送几张福字，我也识不了几个字，写不出啥好东西，只能给大伙儿写几个福字。”老人的声音依然洪亮有力，听不出沧桑浸泡过的味道。

“大爷，这娃的娘有消息吗？”我爱怜地看着正在摆弄“福”字的女娃，追问老人。

老人看了小孙女一眼，轻轻摇了摇头。

“大爷，你恨她吗？”

“恨啥呀，孩子有自己的难处吧。”老人说着深嗅了一口梅香，“蜡梅真香呀！”

临走时我在女友的耳边叮咛了几句，塞给她五百元钱，女友把钱递给老人：“大爷，国家又给你发钱了，过年了，买点好吃的。”

老人忙用手挡了挡：“怎么又给钱？我们祖孙俩够用了，钱留给别人家吧，我这把老骨头，暂时还能拉扯孩子几年，不能老花国家的钱。”在女友的再三坚持下，老人才不好意思地收下了。

老人进屋，拿出一个布口袋递给女友：“这袋花生拿着，自家种的，可香呢。”

谢过后我们起身告辞，我回头再看一眼土墙边的梅花，莹黄剔透，朵朵生香，给荒寂的小院绘出一抹亮色。

福在哪里？就在老人一颗懂得感恩的心上。我又望一眼满目春波的女孩，知道她活在春意荡漾的庭院，爷爷将人世的风雪挡在了门外，这样的孩子，长大后心上也是开着花的。

花开屋外，福藏心中。那一天我给老人送去了物质救济，老人却还给我一份精神救济。

最好的风水

◎赵立志

自从买了房，各种推销便接踵而至，就连房屋风水也有上门推销服务的。

风水推销者大抵是要告诉我房屋里的东西如何摆、哪里需要挂什么东西、什么东西不能放在哪儿以及床头朝向等等诸如此类，正当他说得起劲时被我婉拒了。倒不是心疼那个劳务费，也不是完全不相信风水改运这件事。中国的风水文化已经有几千年的历史了，之所以能流传至今，一定有它的道理。当然，在如今这个科技发达的时代，还是要相信科学。有研究表示，建筑风水并不是迷信，自然界的超微离子和磁场会对人体产生明显的正负影响，而环境中任何物质的变化也会对人体的超微离子和磁场产生作用，这也许就是风水的科学解释。

记得儿时跟奶奶赶集，就经常看到有风水先生在摆摊算命，摊位前总会围着很多人。风水先生在阐述命理的同时会给出一些转运之法，当然，无论灵验与否，至少能满足人们避凶趋吉的心理要求。孩时天真烂漫，我曾问奶奶为何咱们家不请风水先生给看看，好让咱们能发家致富。奶奶却说，咱不看那个，只要人好，风水就好。

只要人好，风水就好。奶奶朴实无华的随口之言，却道出了人世间最好的风水。曾经看过这样一则故事：一富豪买了块地，修了别墅，后院有多棵百年荔枝树，装修期间，朋友劝他找个风水先生看看，以免犯煞。于是富豪便去香港请了个大师。从高铁站接到大师后，富豪开车载着大师前往自己的住宅。一路上，如果后头有车要超，先生都是避让。大师笑道："开车挺稳当呢。" 富豪笑说："要超车的多半有急事，可不能耽误他们呀。"行至镇上，街道狭窄，一名小孩嬉笑着从巷子里冲了出来，富豪刹车将车停住，小孩笑嘻嘻地跑过去以后，他也没有踩油门前行，而是看着巷子口，继续静等。片刻，又有一名小孩冲了出来，追赶着先前那名小孩远去。大师讶然问："你怎么知道后头还有小孩？"富豪耸耸肩："小孩子都是追追打打，光是一个人他可不会笑得这么开心。"大师竖起了大拇指，笑道："真有心。"到了自家的别墅门口，富豪下车，拿着门匙正准备开门，突然从后院飞出七八只鸟。见状，富豪抱歉地对大师说："麻烦大师稍等一会儿。""有什么事吗？"大师再次讶然。"后院肯定有小孩在偷摘我们的荔枝，我们现在进去，小孩自然惊慌，万一从树上摔下来就不好了，先让他们摘一会儿，我们在外边先看看。"富豪说道。大师默然片刻："先生，这块地我不用看了，有您在的地方，都是风水吉地。"

观世音菩萨庙前有这样一副对联："居心作恶，谁替你救苦救难；回头向善，何须我大慈大悲。"《左传·襄公二十三年》亦云："祸福无门，唯人所召。"其实人的行为就是风水就是命运。

最好的风水就是你那颗善良的心。

父亲的大账

◎毕增堂

父亲不是个懦弱的人，但那次，明明是他占理，却被一个老女人吓得躲了起来。

那件事发生在我读小学一年级时的寒假里。

那天早上，我和父亲上山背柴，回来到村外坡头时，我有点累，就骗父亲说肚子疼走不动了，并夸张地在地上打滚。

父亲急了，赶紧把柴靠在路边，解下绳索，背起我回家。

到家里，家人们正等着我们吃饭。我狼吞虎咽地吃了两大碗，说肚子好了。母亲心疼地说，那是饿的。

父亲却笑而不语。

吃好了饭，父亲要去把柴背回来。我来了精神，又要跟着父亲去。

快到柴捆边时，父亲一把把我拉进路边的树林里，示意我不要出声。

我顺着父亲的目光看去，见一位上了年纪的老女人，正跪着双膝，双手撑地，使尽力气背我们的柴。她几番挣扎，终于把柴背起来，颤颤巍巍地走了。

那老女人我认识，是邻村的五保户。

父亲似乎松了口气，反复叮嘱我，这件事永远不能和别人说。我答应了。

父亲领着我，又到山上重新拾了一捆柴，下午才背回来。母亲责备说，那么几步路，耽搁好半天。

四十多年过去了，我们兄弟姐妹八人都已成家立业。大姐大哥二姐二哥更是孙子都上学了。

今年春节，我们八家人又热热闹闹地聚在父母身边。耄耋之年的父亲，依旧耳聪目明，身子健朗，和我们喝同样多的酒。

席间，我忽然想起儿时的那件事，就当作笑话讲了出来。兄弟姐妹们都哂笑父亲太软弱，人家在偷自己辛辛苦苦背回来的柴，不敢抢回来也就算了，还躲起来让人家大模大样地背走。

父亲呷了一小口酒，捋捋花白的山羊须，笑眯眯地望着我说："小六，哪怕你是大学生，这个账，你也没有我算得明白，信不信？"

这，还有账可算？全家人都愣了。

"那捆柴，被她背走了，对我没有什么大的损失。可要是当时，我吼一声，她受到惊吓，一紧张崴了脚闪了腰，那怎么办？要是骂她一顿，把柴抢回来，更严重了。万一她面愧害羞上了吊跳了水，那我心上，就会压上一块石头，我还能平平静静地把你们养成人吗？我当时有的是力气，再去山上找一捆回来，也就像吃一锅草烟般简单。你算算，怎样划得着？"

"可是，她偷你的柴，就是不对！"我还是不服。

“你怎么能断定她偷的就是我的柴？也许是她前一天背的柴，放在近处，今天去背，又认错了呢？再说，她无儿无女，就算我直接背一捆柴给她，也是应该的嘛！”

“你爹呢，年轻时最爱较真，凡事都要争个输赢，为这他吃了不少亏。有一次我拿个装白菜籽的葫芦要去撒，他偏说是青菜籽。我收的白菜籽难道我不知道吗？就和他争了起来。争着争着就动起了手，他就把我的右手肘扭脱臼了。这下我闲下了，他又找医生、又下地干活还要管一群娃娃。他后悔死了，说其实青菜籽白菜籽又有什么关系呢？就因为不忍那一口气，给一家人造成了那么大的麻烦！”母亲接着说，“以后，他总结出一条：忍得忍得自己得！你们瞧，他都忍过八十七岁了！”

母亲的眉眼笑成了两朵深秋的大菊花。

一家人都沉默了，是啊，忍得忍得自己得。父亲的隐忍，使他得到了夫妻恩爱、心宽体健、四世同堂的一生。父亲的大账，算得智慧啊！

理查德·克莱德曼不忘签名

◎乔凯凯

理查德·克莱德曼是法国著名的钢琴家。从小就被誉为“钢琴天才”的理查德从巴黎国立音乐学院毕业后，与同样爱好音乐的伙伴们组建了一支乐队。他们的演奏朴实、流畅、优雅、华美，既充满了诗情画意，又不乏朝气与活力，因此受到了很多人的喜爱，在当地小有名气。

有一次，理查德的乐队要在巴黎举办一次演出，这是他们第一次参加如此大型隆重的演出。演出开始前，理查德和乐队成员们都在认真地做准备，这时一名男子走到他们面前，犹豫了半天，提出了一个要求：“你们可以帮我签个名吗？”演出后台是不允许闲人出入的，不过这名男子是清洁工，在工作时，他认出来这些人正是儿子最喜欢的一支乐队的成员。他的儿子双腿残疾，不方便出行，而且他们也支付不起昂贵的演出门票，于是男子鼓足勇气向乐队成员说明了情况，想要替儿子要一个签名。男子诚恳的话打动了乐队成员，但是当时演出马上就要开始，于是他们答应男子，等演出结束后再帮他签名，男子高兴地离开了。

演出进行得非常成功，结束后，乐队成员们都按捺不住兴奋要与朋友们去狂欢。理查德提醒道：“我们不是答应要给那位男士签名的吗？等他来了再走吧！”“可是我们没有看见他呀，也许他早就忘记这件事了呢！”大家无所谓地说完，便纷纷离开了。理查德摇了摇头，独自留了下来，他在后台等了十多分钟，才终于看到匆匆而来的男子，原来男子刚在其他地方干完活赶来。男子拿到理查德的签名后，感动地连连致谢，并认真地说：“你一定能成为一名伟大的音乐家。”而后来理查德也确实成了世界著名的钢琴表演艺术家。

法国杂文家尚福尔说，在重大事件中人们表现的是自己的理想形象，在琐事中他们才暴露出本来面目。我们会认真对待一些重大的事情，而面对一些细小的事情时，却会不由自主地轻视和不在乎。但正是这些小事，最能表现出一个人的真实品质，理查德对这样一个小的承诺的信守，真正体现了他的诚信、善良的品质。

生命对生命的忏悔

◎江兴旺

1899年的一天，尼采离开他在杜林的旅馆，前往一家小饭店。途中，他看见一个车夫正鞭打一匹马，于是跑上前去，当着车夫的面，抱住马头痛哭。当一位伟大哲学家的泪水与一只动物的泪水交融时，人们虽然无法探知此时动物的心理感受，但我知道，这是生命对生命的忏悔。

生命对生命的忏悔，不只存在于伟人与动物之间。在这个地球上，无论是哪个物种，只要具有生命，都应无贵贱之分，都应被尊重、被爱护。然而，我们谁又能说，在我们的生命长河里，没有对其他生命做过令我们忏悔的事情呢？

至少我做过，而且做过不少。

小时候，家里养过一只猫。它通体黝黑，只有两只耳朵雪白，因而被我称为“小白”。小白十分乖巧，每次放学回家，它都远远地迎接我。

那是一个冬天的早晨，十分寒冷。父母早早地下地干活了，我起床，生火，烧开水。许是冬日夜晚太冷、锅盖上有余热之缘故，我发现小白正蜷曲着身子，酣睡在锅盖之上，并打着轻微的鼾声。看着这可爱的精灵，我不忍心打扰它的梦境，于是轻挪锅盖，舀水入锅。

小白微微睁开眼睛，看了我一眼，伸了一个懒腰，算是与我打了声招呼，随后，翻了一下身体，延续着那甜美的梦境。

我之所以没有将小白从锅盖上挪开，那是因为我有十二分把握，随着锅里水温升高，它会自觉地跳下锅台。

五分钟后，少量蒸汽开始从锅盖的边缘飘出，但由于木质锅盖导热慢，小白仍在享受着甜蜜的梦境，时而露出浅浅的微笑。

此时，出于习惯，我鬼使神差地揭开锅盖，想看看水开了没有。刚挪开一条缝，睡有小白的那半边锅盖便严重倾斜，它瞬间掉入约70℃的水中。伴随着一声惨叫，机灵的小白猛地从锅内跳入锅台附近的水缸中。

第二天清晨，我发现小白已死于灶边的柴火堆里。

我眼含泪水，将它包裹在一个废旧的书包里，埋葬在不远的山脚下，旁边栽上了一棵棕榈树。

从此，我再也没有养过宠物。

自责的不只是对小白。小时候我还做过许多不仁之事：逮到蜻蜓，撕去其翅膀，看它们扑腾挣扎的样子；抓到麻雀，浇上煤油，然后放飞，看它们带火飞翔的痛苦……所有这些，现在想起来，都觉得残忍无比。无论如何，我是不能原谅自己的。

许多生命，它们虽不会说话，但都有自己的尊严。因此，除满足我们最低的日常生活需求外，我们还是要尽量少杀戮。

生命需要尊重。向生命忏悔，是为了拯救我们自己的生命。

给别人留路，自己有退路

◎葛文景

从前有两个村庄，中间隔着一片很大的沙漠，村民若想到另一个村庄去，就必须经过这片沙漠，除此无路可走。而沙漠中的天气就像小孩的脸，说变就变，因此已有很多人出行时由于天气骤变，途中辨别不清方向，结果迷路甚至被风沙掩埋。为避免重蹈覆辙，村民们就在两村之间插上路标，防止迷路。

有一天，一个外来的僧人要到对面村庄去，临行前村民反复叮嘱他说，路途中如若看到路标被风刮倒或被掩埋，要重新树立起来，以免后面的人迷失方向。僧人刚上路时，牢牢记着村民嘱咐，丝毫不敢马虎，只要看到有路牌倒地或有歪斜就马上扶好，生怕不牢固有时还用脚踹踹四周的沙土。但当走了一段路后，僧人就揣摩着距离目的地不会太远了，而且一路上风平浪静，根本没有村民们说得那样玄乎，况且，自己只走一次，路标对自己也没有什么意义了。有了这种想法后，他便只管前行，遇到倒地的路标，也视而不见。

正应了一句老话：天有不测风云，人有旦夕祸福。没想到刚刚还晴空万里，但突然间就风沙骤起。前方倒地的路标被风刮走大部分，致使僧人不敢贸然前行，他便想着原路返回，日后再做打算。但由于他刚才没有往回走的思想准备，加上萌发私心，没有按照村民吩咐行事，回去的路也被他堵死。结果他前进不能，后退不得，在茫茫沙海中转悠了半天，最后筋疲力尽，被困死沙漠。

现实生活中又何尝不是如此呢？当我们只图自己方便，没有认真替别人考虑，回头时却发现反而自己没有了退路。可见，方便自己的同时，又时刻不忘想着别人的人，才能一生顺遂，前进路上畅通无阻。

一念之慈

◎刘东华

我搬到现在住的社区，邻家有一位张姓老伯，有八十多岁的年龄了，身体却硬朗，平时健步如飞，有一次还见他搬了梯子，上房修瓦。熟悉了以后，邻居们常聚在一起聊天，听张老伯讲到他的一段很传奇的经历。

我们住的小城，临着京杭大运河，过去小城人多有在大运河上行船的经历。张老伯年轻的时候，家中有一条很大的木船，一家人基本上就生活在船上，吃喝拉撒，沿着运河往返，做一些南北易货的生意。那时候没有计划生育，张大伯家有七个孩子，两个女孩，其他的全是男孩，他们跟在船上像一个儿童团。

有一次船停靠在小城码头，一群孩子就下船到岸上玩，其中有一个男孩，当时三岁多了，也就是现在孩子上幼儿园的年龄。但那时候没有幼儿园可上，小点的孩子都跟着大的疯跑。结果到傍晚回船的时候，这个小的不见了，几个回来的大孩子居然也回想不起这个小弟是怎么走失的。急着找啊，附近的村庄，沿着河边，都没有踪影。当时的判断，是被人拐跑了，或者下河溺水，被顺水冲走了。

悲痛是肯定的，也多次想法寻找，但那时候孩子多，渐渐就把找孩子的事看淡了。

这事过去了七八年。有一次，张大伯一家子行船到几百里外的南通地界，当时已经是寒冬， 正在努力划船的张老伯突然看到河边有一个男孩子，很冷了，还穿着单薄的衣服，居然赤着脚，在沿河寻找东西，或者是捕鱼。张老伯瞬间生出一股怜惜之心，也就突然想起了自己丢失的儿子， 如果还活着的话，也应该是这个年纪了。

这个念头一闪，张老伯突然像提醒了自己一下，忙招呼老伴把船靠岸。当时船还在浅水处，张老伯已经跳下船，张开双臂向那孩子跑去，一下把孩子从冰冷的水里拎起来，查看孩子的耳朵找一块暗红的胎记。 这个孩子，居然真是他几年前丢失的儿子，一家人在岸边哭成一团。这个孩子走丢的时候还不记事，等孩子把他们领回到岸边的村子，证实这个孩子确实是被人从外地领回来，送给村子里一对没有子女的老夫妻的。

张老伯说，人在江湖谋生，经历风雨，心早就磨得“硬”了。不知道怎么在看到孩子的一刻，顿时生出一分慈念，假若没有这一念之慈， 离家乡几百里之外，与儿子就会是一次水陆之间的擦肩而过。

我把张老伯的故事转述给一位做销售的朋友，他深有同感。大学毕业，刚开始做销售的时候，朋友被安排到一个空白地区，去开拓市场。他来到一个陌生的城市，想去找一家合作代理产品的公司。几天的时间里，先后走访了十多家公司，但因为是陌生品牌，他遭遇的不是冷言冷语，就是白眼，甚至因为急于介绍自己的产品，被人轰出门去。

那晚，他回到入住的一家家庭旅馆，坐在门外的小河边抽烟，一支接着一支，以至于生出了要放弃这个工作的念头。很晚的时候，店里的老板娘突然过来，递给他两个包子，还有一杯豆浆，问他："年轻人，是不是遇到什么困难啦， 一定要想开啊，看你在这里坐着好久了，还没吃饭吧。"

朋友说，也许这是老板娘的一念之慈，但她的话，像冰湖上拂过的春风，使他的心结瞬间就开了。无论遇到多大的挫折，人心总还是暖的。到现在人到中年，事业小成，虽然没有惊天动地的成就，每想起当初的情景，仍让人感动于心。

君子常自省

◎王章材

年轻时张仲景拜在岭南名医著羲门下，著羲这人孤傲，从不传张仲景一些绝密配方。著羲家老仆见张仲景为人老实，便对他说：“我有一法教给你，说不定能感动我家先生，传授给你些医术绝学。早年先生曾钟情于一才女，此女做的鲜笋宴先生非常爱吃。然而红颜薄命，令先生痛彻心扉。有一年，我随先生游医，偶然在一大户家品尝到这道鲜笋宴，先生感慨之余，竟将做菜的女仆赎了出来。如果你能为先生做好这道菜，抵得上你做十年徒工啊！”张仲景当时答应了，回去后却辗转反侧。第二天，他找到老仆不假思索道：“我想了一宵，这道菜我做不得。如果单单是先生喜欢吃，我可以做；但如果会勾起他一段早已结痂的伤心往事，我绝对不能做，那样就太对不起先生了！”话传到著羲耳朵里，他随即打破“门规”，将绝学倾囊相授。

原本心动的张仲景通过自我反思后感觉不妥，果断拒绝了老仆，最终却打动了著羲。瓦莰说：“反躬自省是通向美德和美妙的途径。”为博得好感而去刻意做一些事情，也许能走捷径，但终会被轻而易举地弃之脑后。只有思后而为的善意，不虚伪不掩饰，才能打动人，因为，真正打动人的，是自我反思后的善良之举，这更是人生的一种智慧。

哈尼族谚语：“愚蠢的人总在重复犯下错误，而智慧的人总在不停地检点自己。”

一次，郦波受当地文联邀请去参加一个会议。临行前，他突然想起还没给家里名贵的君子兰浇水，于是便匆忙交代给保姆。可是，当他外出归来时，却痛苦地发现君子兰已枯萎而死。原来，保姆浇完水后让君子兰晒毒辣阳光，她完全不知道君子兰最怕高温。郦波看着枯萎的君子兰，心痛不已。妻子出差回来见此情景，便准备开口说保姆几句，没想到郦波摆了摆手，笑着说：“没事，没事，不怪保姆的！”说完还好生安慰了保姆一番，直到她放下芥蒂放心地回家。进屋后，妻子还在不时地埋怨，郦波说：“我说这件事不怪保姆，不仅是为了安慰她，其实，也确实不怪她，责任在我！你看，我明明知道保姆不懂得怎样照顾君子兰，可还把这件事交给她，你说这是不是我的错？”妻子若有所悟，郦波又说：“哎，他人犯错，常有己过啊！”

“他人犯错，常有己过”，不仅反映出郦波的反思和内省，也彰显出了其宽广的胸怀和风度，使得他成为深受国人喜爱和敬重的学者。德国哲学家康德说：“别人犯错了，我们为此雷霆万钧，那犯错的该是我们自己了。”生活中，我们不要轻易指责身边人的是非，而应时刻反思自己，像郦波那样不留情面地剖析自省，才能赢得更多人的尊重。

涂磊说：“提高修养的秘诀是自我反思。”交际中，唯有通过自我反思来省察自身言行，及时修正自己的过失和错误，如此，才能汲取经验提升修养，赢得和谐健康的人际关系。

错失的财富

◎马海霞

李老太一直在市里居住，如今上了岁数开始留恋田园生活，前些日子，儿子差人将农村的老宅子收拾了一番，让李老太搬回老宅住。

李老太要将老宅的废品卖掉，报纸书籍破铜烂铁在院子里堆放着，李老太卖废品也有讲究，打听四邻哪个收废品的人面善人好，最关键秤准价格合适。有人给李老太推荐了收废品的老王，老王五十开外，外地人，在本地租房子收废品已有十几年。算上在老家的收废品的时间，老王收废品的工龄有二十年了，村里人有废品都照顾他，也少有人跟他计较，半送半卖于他，权当扶贫。

李老太让人喊来老王，老王进院子一看，废品没有分类，脸色不悦，边分类边嘀咕："哎哟，分好类多好呀，我进门称称就行，这可麻烦大了。"

李老太微笑，弯下身子和老王一起整理废品，一样一样问老王价格，顺便查老王户口：哪里人，家里几个孩子，多大了，都干啥?

老王一一回答，听得出老王烦心事一大堆，远比收拾废品闹心。李老太偶尔插几句宽慰老王的话，大多数时候是老王在唱独角戏，诉说各种生存不易和外乡人在外打拼的艰难。

收拾了一小时后，废品都一捆捆分类完毕，老王从四轮车上扛下电子秤，还没等称重，李老太一步跨了上去：“我试试你的秤，我体重我自己知道。”秤没有问题，李老太让老王开始称，老王取出个小本子，边称边记金额，李老太也取了一张纸，称一样记一样。

李老太站在秤旁边，瞅着老王摁单价，老王一摁错了，李老太便吼他，像训学生一样。老王边称边记，记时把分钱抹掉，李老太不高兴，说分钱也是钱，有多少记多少。老王说，连袋子一起称的，得除皮。李老太不吱声。

老王称废铁，一件一件往上摞，李老太又吼他：“一件一件称吧，你看压得那头都着地了。”老王不听，用脚抬了落地的废铁，不开心地说：“哪里着地了？”

最后称完，李老太和老王同时算合计，李老太数学老师出身，在纸上划拉了几笔便算完了，比老王的计算器还快。老王问她算了多少，李老太不吱声，让老王自己算。老王算完，报数：“一百九十九块八。”李老太瞥了一眼旁边的塑料瓶子，说：“我算的是二百零二块九，你塑料瓶子忘了记到本子上了，不信，咱重新称一遍，另算。”

老王不想重新称，嘴里嘀咕着让李老太别和他一个收破烂的计较，块儿八毛的让了得了，他帮着整理分类半天了。李老太笑笑，说：“你给一百九即可，但账是你算错了，这个你得承认。”

老王走后，李老太说，此人不诚实，计较蝇头小利，还在称重上打马虎眼儿，他收我这些废品可以赚三百多元。我退休后在我儿子公司帮忙，公司废品都经我手卖掉，我知道这里面的利润。原来，公司的废品都由一对小夫妻收购，上个月两个人回老家创业去了。我本想再找一个忠厚老实、信得过的，日子又过得艰难的人收购公司废品，钱谁赚不是赚呀，这也算变相同情弱者。看老王也不易，本想请他的，但老王没禁得住考验。

老王就这样错过了一个发财的机会，他不知道，也不会有人告诉他。

人就是这样，一直抱怨生活，却从未考虑过人生路上那些与自己擦肩而过的机遇有多少是因为自己的原因错失的呀。

一个人，温暖一座城

◎王世虎

小城突降暴雨，不过几个小时的时间，就变成了一片“汪洋大海”。

下午五点，一个男人像往常一样骑着电动车匆匆往家赶，他要接放学的女儿去少年宫补习功课。道路年久失修，加上雨水冲刷，回家路上的一个下水道井盖被冲走。男人没注意到，电动车前轱辘“咚”地卡了进去，摔了个人仰马翻，额头被撞伤了，小腿也擦破了皮，鲜血直流。

男人忍着钻心的疼痛站了起来，回过头，这才看清身后的“黑洞”。紧跟着开来的一辆小轿车，司机看见下水道口后一脚紧急刹车，差点被后面的公交车追尾，满车厢的乘客都吓得胆战心惊。远处，无数辆若隐若现的焦急回家的车正在渐渐靠近。男人的眉头一皱，先费力地把电动车扶起来，挡在下水道口，打开车灯投射在地上，然后掏出手机拨打了交警和市政的电话，并站在原地挥舞双手。

大雨依旧下个不停，但因为有男人用电动车临时设置的醒目“路障”，后面的行人、电动车和机动车都提前减速，安全地绕开了危险。

半个小时后，工作人员赶到现场，问道："刚才是你打的电话？"

男人点点头："对，这个下水道的井盖不见了，得赶紧修理好。"

工作人员走上前，看了看情况，继而抬头看到了男人满身的泥水和额头的血渍，惊讶道："哎呀，你受伤了，得赶紧去医院包扎。我们接到电话就会派人来处理的，你不用一直守在这里啊！"

"不行！现在正值下班高峰期，下雨天视野又模糊，这个井盖缺失的井口就是个巨大的安全隐患，太危险了，想到后面路过的人，我就必须守护在这里！"男人如释重负地松了一口气，"现在你们来了，我也就放心了！"说完，步履蹒跚地推着电动车走了。

工作人员的心猛地被触动了一下，忍不住掏出手机，对着缺失的下水道和男人的背影拍了一张照片，发给了报社的朋友。

那天晚上，这件事经媒体报道后，在小城老百姓的朋友圈里疯狂转发，众人在为男人的行为点赞和感动的同时，也多了一些反思。一个陌生人，在受伤之际，没有只顾着自己，而是懂得为他人着想，毅然肩负起了社会责任，这份善良、担当和无私奉献的精神，让小城弥漫着温情和暖意。

也是从那天起，小城渐渐发生了一些微妙的变化，城市的大街小巷，突然涌现了很多愿意无私"守护"的人：过马路时，有热心的人“守护”在老人身边，搀扶着老人通行；学校路口，很多私家车安静地“守护”在斑马线前，让孩子们平安通过；敬老院里，多了很多“守护”的儿女，老人们不再寂寞；孤儿院里，来了很多“守护”的父母，充满着欢歌笑语……一股浓浓的“爱”的情愫，萦绕在小城的上空，因为一个人，温暖了一座城！

世界著名作家雨果说：“下水道是一个城市的良心！”“想到后面的人，我就必须守护在这里。”——男人当初守护的，不仅是一个井盖缺失的下水道口，更守护着一座文明城市的温度和良心！

输也是赢

◎风中短笛

单位的年终考核有一项是民意测验，也就是每个人都要给所有人打一次综合分数，就算是对这个人工作的总评定。

结果是，同事小姜排名倒数第一。排序本来是保密的，可小姜不知从哪里得到了消息，十分恼火，他气呼呼地去找主管领导理论。领导很有水平，耐心地听着小姜说完，最后十分同情又十分无奈地说，这不是我一个人能左右的，而是大家评出来的，我也没办法。小姜无言以对，回来后闷闷不乐。

这使我非常诧异：小姜的业务水平虽不能说第一，但也算过得去，业绩也不错。同事是怎么了，总不至于都心存恶意而昧着良心吧？

后来，经过多方了解，我才弄清了事情的真相：

小姜平时有一个习惯，常常为一些鸡毛蒜皮的小事和同事争论高低，而且每次他都要占上风，从来没有认输的时候。尤其是在他确定自己是正确的时候，就更加盛气凌人，甚至还拿出书本做证据，把对方驳得体无完肤，无地自容。说到得意之处，还口无遮拦，极尽揶揄挖苦之能事，大有置人于死地而后快的气势。为此，他经常把别人逼到进退两难的尴尬境地。而他还不自知，光顾着自己嘴上痛快，我行我素。时间一长，人们虽嘴上不说，心里却早已对他敬而远之了。

同事之间闲聊，具有一定的随意性，本无什么原则之事，谁也不能保证百分百正确，总会有疏漏之处。退一步说，就是书本上不同版本对同一问题也有不一致的时候。比如说，我同时在两本书上看到了关于地球的年龄问题：一个说是五十多亿年，另一个说是四十多亿年。孰是孰非，很难界定。个体的消息来源有时是多渠道、多角度的，本身就不存在谁是谁非的问题。平心而论，唠的都是无关紧要的嗑，说完就算完了，不能过于较真。

争辩是一种低级的心理，其本质是争辩的双方要证明自己是正确的。而真理是客观存在的，不是在争辩中争来的。争辩的双方永远没有赢家，从一开口就输了。输了，就是输了；你赢了，也是输了。你争论赢了，就是否认了别人，别人就会下不来台。让别人丢面子，别人就会怨恨你，你就会失去人心，失去和谐的人际关系。长此以往，谁也不愿意和你说话。你成了孤家寡人。

生活中，没必要凡事都争论。跟家人争，赢了，亲情没了；跟爱人争，赢了，感情淡了；跟朋友争，赢了，情谊没了……争的是理，输的是情。远去的是情意，伤害的是自己。黑的白不了，白的黑不了，让时间去证明。

赌界有句很经典的话：永远不输的最高境界就是永远不赌。套用这句话说，赢得好人缘的最好方式就是永远不争。这不是立场问题，而是一种处世的策略，一种生活的智慧。如果对方事后知你是正确的，还给他留有余地，他会从内心佩服你。

如果明白了其中的道理，不与人逞口舌之快，做无谓之争，或者在不可避免与别人争论时，你退避三舍，就避开了正面冲突。没有争辩，就谈不上输赢。但实际上你是赢了——赢得了和谐的人际关系。放下自己的固执己见，宽心做事，舍得做事，赢的是整个人生。多一分平和，多一点温暖，生活才会有灿烂的阳光！

老子云："夫唯不争，故天下莫能与之争。"

不提旧日恩

◎张君燕

明崇祯十五年（1642年），李自成的起义军攻打到河南睢州。清初理学名臣汤斌时年只有十五岁，他的母亲赵氏在战乱中身亡，他不得不暂时到外地躲避战乱。不幸的是，他们半路遇到劫匪，被抢光了盘缠，只好向路过的人家求助。

主人是个善良之人，听了他们的遭遇便答应让他们留宿一晚。第二天，汤斌向主人告辞，带着仆人离开。仆人捧着临行前主人送的食物，愁眉苦脸地说："吃完这些食物，我们该怎么办呢？"汤斌苦笑着摇摇头，继续向前赶路。

走出不多远，仆人突然拍着脑袋大叫起来："我想起来了，刚刚那户人家的主人和我们家老爷是旧相识。五年前，他路过我们府上时，突发疾病晕倒，老爷找大夫将他医好。如此说来，老爷还是他的救命恩人呢！"看着仆人兴奋的样子，汤斌平淡地说："我知道，我早就认出来了。""那你刚才怎么不提呢？"仆人疑惑不解地问，"念在旧恩上，他一定会让我们多住一些时日。"汤斌摆摆手说："现在是我们有求于人，一提旧恩，就变成了我们向他索要回报，这会给他带来压力，让他为难。而且，即使他愿意帮助我们，好像也变成了理所当然，还有可能引起他的反感。所以，还是不提旧恩为好。”后来，那家主人也突然想起往事，认出汤斌是旧日恩人的儿子，专门派人把他们请了回去。得知汤斌说的那些话后，他也对汤斌佩服不已。

我们常常说要知恩图报，但正如英国诗人堂恩所说，每一种恩惠都有一枚倒钩，它将钩住吞食那份恩惠的嘴巴，施恩者想把他拖到哪里就拖到哪里。而汤斌的不提旧日恩，就避免了这枚“倒钩”的出现，不让过去的恩惠给他人带来压力，这种宽广、大度的胸怀以及体谅、理解他人的气度，很值得我们学习。

梅兰芳以情打假

◎郭华悦

鲁迅曾遭遇过“假鲁迅”，对冒自己之名四处招摇之人，也不过是登个启事，澄清一下就算了。这种倒霉事儿，不仅鲁迅，京剧大师梅兰芳也曾碰到。

抗日战争爆发后，梅兰芳为明志而告别舞台。有段时间，梅兰芳的日子还挺落魄的。以往，在舞台上，梅兰芳赚了个盆满钵满，达官贵人一掷千金，也是常有的事儿。但对梅兰芳来说，赚得多，花得也多，钱往往是左手进，右手出。所以，阔别舞台后，生活一度陷入了困境。有时，甚至不得不跑当铺，解决眼前的难题。

不过，纵横京剧界的梅兰芳，当然也非浪得虚名。舞台上没有了爷待的地方，自然有其他地方能让爷一展所长。最后，梅兰芳找到了一个生存之道，就是作画。演京剧内行的梅兰芳，作起画来也不外行，再加上梅兰芳的名气，一时之间，各地的达官贵人都以能拥有梅兰芳的画为荣。这么一来，生计难题自然迎刃而解。

当然，梅兰芳尽管擅长作画，但画得并不多。一来，这并非他兴趣所在，仅仅是一个谋生手段，所以梅兰芳并未投入太多的精力；二来，梅兰芳虽已不登台，但傲气犹在，仅仅是在解决眼前困境的时候，才会作画，仅属偶一为之，而不愿为了赚钱而逢迎那些达官贵人们。所以，市面上梅兰芳的画，其实并不多。

可后来，一家小报却登出了一则广告，也有一个叫梅兰芳的画家，要卖出自己的画。一时之间，人人趋之若鹜，以为是“正版”梅兰芳所画。梅兰芳得知后，大为震怒，后来友人送来了“盗版”梅兰芳的画作，让他一看究竟。

仔细一琢磨，梅兰芳心中的怒气反而慢慢消退了。一来，这位“山寨版”的梅兰芳，手下是有真功夫，并非那些假冒的庸俗之徒；二来，从画作来看，对方对梅兰芳的作画特色颇有了解，模仿起来也像模像样，所以能使得许多人上当。这么一来梅兰芳不禁有些惺惺相惜了。

后来，梅兰芳经打探得知，对方是个落魄书生，人品其实不错。只不过，为生存所迫，实在无计可施，只能出此下策。得知后，梅兰芳动了恻隐之心，非但不追究，也没有戳破，反而让人给这位“盗版”梅兰芳送去了一笔钱。

对方见梅兰芳如此大量，自感惭愧，于是收起了“梅兰芳”的招牌。

这桩“打假”，就这样画上了句号。梅兰芳的大度和惜才，让对方知耻而退，也算是各得其所。如梅兰芳这般，以财“打假”，以情维权，尽管多数时候不见得适用，但也让我们见识了舞台之外的梅兰芳富于人情味的一面。

处世留道缝隙

◎张　雨

苏东坡有一篇《别石塔》的短文，读来让人回味，令人思索："石塔来别居士，居士云：'经过草草，恨不见一石塔。'塔起立云：'遮个是砖浮图耶？'居士云：'有缝。'塔云：'无缝何以容世间蝼蚁？'坡首肯之。"文虽短，却极富哲理。没有缝隙的石塔，看似完美，但不能让蝼蚁在其中生存，却是缺憾。只有给微小生命以生存的空间，才是真正的完美。

由此可见，在生活中能留下缝隙的人，才是睿智豁达、宽容大度的人。

当年雨果的剧本《欧那尼》风靡整个法国时，大家众口一词给予很高的评价。巴尔扎克竟发出不和谐的声音："剧本里有什么闪光的地方？可能是我出了问题。"巴尔扎克一向瞧不上雨果的作品，每一篇他都能从中挑出刺来。

然而，雨果从不因为巴尔扎克的批评去忌恨巴尔扎克，反而对巴尔扎克充满敬意，表现出雨果的宽容大度。他曾在笔记中写道："在巴尔扎克先生的眼中，我虽然是一个令他不屑一顾的人，但我对他没有丝毫的敌意。他看低的是我的文章，而不是我这个人。就像一个不喜欢吃辣椒的人一样，他只是怕辣，但不等于他不喜欢辣椒。我的文章不可能让每一个人都喜欢，巴尔扎克先生指责我的文章写得不好是一件很自然的事，我要诚恳地接受他的批评和指责。怕辣椒和不喜欢辣椒是两回事，不喜欢你的文章，你就讨厌甚至忌恨他，这是不合常理。巴尔扎克先生在我的心里，永远是一位值得尊敬的人。”

雨果是这样说的，也是这样做的。巴尔扎克临终之际，雨果在深夜里来到巴尔扎克的病榻前，紧紧握着那双冰冷的手……在巴尔扎克的葬礼上，雨果沉痛地宣读了巴尔扎克悼词：“巴尔扎克先生在最伟大的人物中名列前茅，是最优秀人物中的佼佼者……”

雨果盛名之下，依然谦逊有礼，为人处世留缝隙，时时为他人着想，处处宽容与忍让。这种为人处世留缝隙的大智慧，在雨果身上散发着伟大的人格魅力，永远值得我们追随与敬仰。